一個人去跑步

馬拉松1年級生

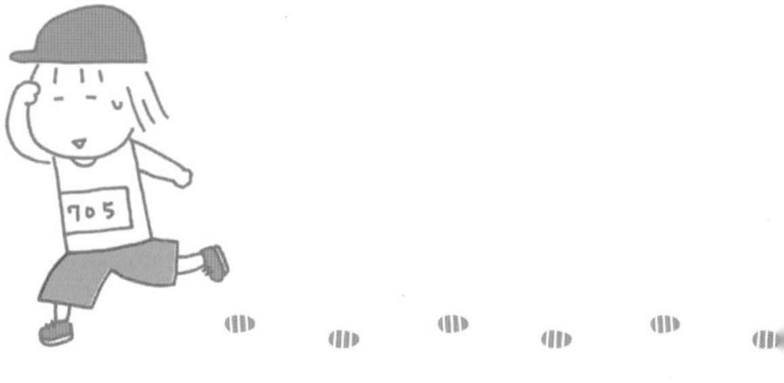

高木直子
洪俞君◎譯

序　從今天起是馬拉松1年級生

現在每個月上兩次太極拳…
大約持續了4年
緩慢
柔和
可是，我的工作性質是常常得坐在桌子前，加上現在又在家裡工作不須通勤…
從床走到工作桌只需10秒
呼~
躺~
而且想休息就休息…
所以很明顯缺乏運動。
還是得多運動才行，不然後果不堪設想~
叭茲
昨天、今天都沒出家門一步…
最近體脂肪也增加了~
有時真想好好運動，痛快地流一身汗~
滾
滾
滾
有沒有什麼可以一個人簡單從事的運動？
来買個Wii好了？
哇~
碎碎
唸
…這時
電視正巧在播
東京馬拉松
哇
哇
現在開始起跑了!!
噫？
東京馬拉松…

眾多的馬拉松參賽者…
將有3萬人穿過新宿
哇~
哇~
跑在熟悉的東京街頭…
雖然這是我第一次參加馬拉松，但我會全力以赴!!
一定要跑完全程!!
哇~
哇~
以前也沒想過要跑馬拉松…
……
可是看著大家愉快的跑步身影…
看到銀座了
加油~
哇~
對了，我也來跑跑看!!
……不由得想
哇~
哇~
無意間跟朋友提起這件事…
我想開始來跑馬拉松耶~
真的!? 我也正想試試跑馬拉松呢!!
紀子→
那我們兩個一起開始吧?!
好啊，好啊~♡
兩人馬拉松同好會?!
哇~
就這樣，我在2008年春天開始跑起馬拉松。

目次

STEP.3
參加各地的馬拉松比賽

STEP.4
延長跑步距離

FINAL

挑戰42.195公里

高木直子（作者）

日常生活中
只有碰到快趕不上電車時才會開跑，
隨遇而安的插畫作家。

紀子

個性踏實冷靜，
但有時也會流露一點少女情愫，
是作者自打工時代的朋友。

加藤

一年有大半時間都穿無袖汗衫，
神秘的大胃王編輯。

金教練

笑容和藹可親充滿熱情，
超級馬拉松教練。

START
705

STEP 1

姑且跑跑看

準備行頭，選鞋子與衣服

兩人決定開始跑馬拉松，可是…
沒有適當的衣服可穿…
睡衣
鞋子是不是一般的運動鞋就可以呢？
上網查了查以後，我們來到一家專門賣跑鞋的店。
ART SPORTS 日比谷
ART SPORTS
ART
行頭也是很重要的～
是啊
跑鞋
歡迎光臨
琳瑯滿目
哇♡光是鞋的種類就多得不得了耶!!
這款鞋好可愛喔～
這雙鞋好輕喔～
那是適合高級跑者穿的鞋子。
什麼?!
據說跑鞋因跑者等級差異，設計構造也大不相同。
高級跑者用
鞋底薄又輕，有助於跑得更輕快。
初學者用
鞋底軟厚，緩衝避震效果好，可以保護腳。
進階者用
居兩者之間
我們當然是要買初學者用的囉～
嗯
嗯
接著用店裡的機器測量腳的大小…
像掃描器一樣
嘰～

適合自己的鞋子已經大致鎖定。
這些是比較適合您腳型的鞋子。
至於紀子…
您的腳比一般人窄，所以適合您穿的鞋子就只有這兩雙。
只有兩雙?!
那就選這雙好了。
一下子就決定好了喔?!
對不起，等我一下喔！
鞋子選好了，接下來是衣服。
春裝 慢跑衣
新上市
各式各樣的都有耶~
哇
Lady's
哇，連跑步用的裙子也都有耶~♡
也有洋裝款式的耶~♡
聽說這叫慢跑裙~
最近的運動服真是時髦啊~
慢跑裙專櫃
說歸說，兩人還是像一般初學者買了比較樸素的…
這…這樣可以嗎?
可以吧…
樸素2人組…
這家店有寄物櫃和淋浴設備，於是兩人就決定穿運動服出去跑步。
ART SPORTS
ART SPORTS
嘿嘿嘿…♥
全身都是新的

兩人來到離店裡不遠的……
皇居
皇居外圍是跑步者的最愛，這一天也有很多人在跑步。
我…我們也加油吧…
嗯…嗯…
はとバス
噠
噠
開始跑吧～!!
哇～
衝
兩人就這樣興匆匆地跑了起來…
呼…
呼…
呼…
一圈約5公里的路程比想像的長而艱辛…
我走一下，妳繼續往前跑吧…
踉蹌…
哎喲～
好累喔～
還沒到終點嗎？
花了40分鐘，總算跑完一圈。
終…終於跑完了…
吁吁
喘
吁吁
喘
跑完口很渴，隨後就去喝啤酒慰勞自己♡
呼～
啤酒真好喝～!!
附近的德國啤酒屋
跑步之後，更加美味～♡
呼～
兩人都很喜歡喝啤酒♥
ART SPORTS
SPORTS

雖然今天累斃了，可是既然行頭都準備齊全了，我們還是繼續努力吧～
人聲吵雜
說的也是～告訴妳喔，我…
我的夢想是有一天可以參加夏威夷的檀香山全程馬拉松♡
哇哈哈
呵呵♡
噗
檀…檀香山馬拉松!?
夏威夷!?
夏威夷，那可是我嚮往已久的地方…
嚮往的夏威夷航路
阿囉哈～♡
想喔——
恭喜獲得夏威夷之旅!!
猜謎
夏威夷…♡
好耶!!我也想參加♡
真的嗎!?
那可是全程馬拉松喔!?
我好想去夏威夷喔♡
我們一起努力吧～♡
目標是在檀香山馬拉松賽中跑完全程!!
哇喔～♡
哈哈哈
好興奮耶!!
開始醉了
就這樣定下了高遠的目標…
噫，妳今天買的東西呢？
哎呀～
全忘在剛才的那家店裡了!!
ART SPORTS
順利地找回失物
本以為兩人的馬拉松熱會日益高漲，不料…

第2天襲擊而來的是…
好…好痛喔…
叭嘰
痛死我了…
劇烈的肌肉痠痛…
紀子也和我一樣…
我也是全身痠痛…
連去上班都很難~
已經3天了
而且老是不好…
好不容易終於好了，又開始跑步，可是…
嘿~
家的附近
劇烈的肌肉痠痛又再度襲來…
哎喲~又開始痛了~
哎喲~
我也是~最近連膝蓋都開始痛了~
我受不了了~~
我…覺得跑步好痛苦，有點想打退堂鼓了…
我在想搞不好我們的練習方法錯了…
運動叢書
練習方法…
嗯…
我這才上書店去買馬拉松的入門書。

Photo Gallery

第一套跑步服裝

鏘~~~!!

有點樸素…

跑步專用包

喜歡縫紉的紀子做給我的

猴子圖案

可以裝很多

店員極力推薦的慢跑襪

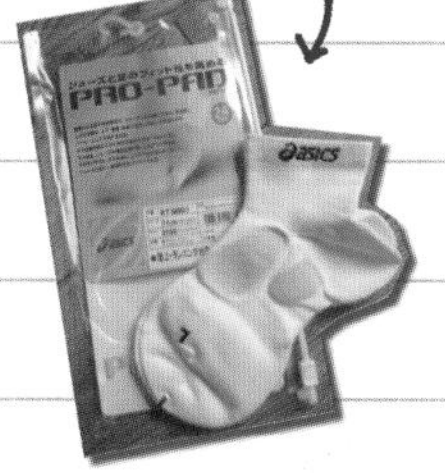

第一雙跑鞋

邊眺望護城河，邊在皇居外圍跑步。

…之後，被這家德國啤酒屋吸引進去♡

買的東西全忘在這家店裡…

在附近健走30分鐘

買回來馬拉松入門書，一讀之下…
什麼…初學者請先從健走開始?!
上面如此寫著。
馬拉松入門
漫畫
BOOKS
據書上寫，想跑30分鐘得先具備走30分鐘的體力…
平常缺乏運動的人突然開始跑步，可能因而受傷…
我買回來的書上也是寫要先從走路開始…
這樣啊～原來還是得從健走開始…
馬拉松
…
因此便決定在家附近走30分鐘。
加油～
書上寫的走路姿勢注意要點大致如下
頭部保持與身體垂直
挺胸
擺動雙臂
嗖
嗖
由腳跟著地
盡可能快走
平常雖然缺乏運動，可是有時也會在外面走一天逛街買東西等
我樂觀地想…
走個30分鐘應該是沒問題
呼呼…

沒想到不停腳持續地走，比我想的要累得多…
不…不行了…休息一下…
喘…
喘…
…
20分鐘後…
結果竟然沒走完30分鐘。
太…太慘了，別說跑步，我看我連走路都有問題…
打擊~
喘…
得知原來自己體力這麼差，真是打擊不小…
決定繼續健走一些時日
工作餘暇歇口氣…
在附近健走
走到比平常遠的地方去…
買東西等
隔壁區有一家很好吃的麵包店♥
麵包
而紀子則是…
通勤健走
我最近上下班的時候，走2~3站的路
馬拉松的書上還寫…
必須鍛鍊肌肉加強基礎體力
嗯~
ㄎㄠ~
ㄎㄠ~
馬拉松入門
鍛鍊肌肉…
嚥…
嗚~
嗚~
做仰臥起坐的樣子
可是，那是我最討厭的事…

這時，周圍有幾個人告訴我他們也在跑馬拉松…
我也是把跑馬拉松當作是一種休閒活動～
其實還滿多的。
我去年也參加了馬拉松比賽喔。
真的～
可是，有點練習過度，結果傷了膝蓋，現在就沒跑了。
其實我也是…
這種事也時有所聞…
膝蓋只要受過傷，就很難痊癒
我也因此擔心起來…
嚇
決定好好做半蹲運動來鍛鍊膝蓋…
一、二、
三、四、
此外也盡量把運動納入日常生活中。
電梯
積極走樓梯
呼～
刷牙的時候，一定做踮腳的動作。
唰唰
吹頭髮時，得原地踏步。
嗚～
咚咚
…等等，訂了很多自己的守則。

就這樣大約過了3星期…
嗯
好像可以一次走很遠囉!!
因此…
賀
時機成熟了!!
重新開始跑步!!
哇~
紀子也一起參加。
對了，在跑步之前記得要做熱身運動。
書上這麼寫
以前在學校上體育課的時候，老師也都會要我們做熱身運動。
我根本忘記要做熱身運動了。
六義園
叭嘰
伸展肌肉，熱熱身。
舒展筋骨之後，預備，跑!!
嘿~
跑步時也不忘注意姿勢，重點和健走是一樣的。
我…我的姿勢怎麼樣？背有沒有挺直？有沒有腳跟先著地？
嗯~我也不清楚
兩人互相確認姿勢是否正確
儘管已經藉健走鍛鍊了不少體能，跑起來還是氣喘吁吁…
喘…
喘…
喘…

總算跑完了30分鐘。
到了!!
六義園
跑完之後，也不忘做緩和運動。
走一會兒，調整好呼吸之後…
呼～
伸展運動
據說，跑步前後的運動有助大大減緩因跑步所帶給身體的負擔。
然後到附近的溫泉…
東京染井溫泉
Sakura
流一身汗之後…
泡溫泉真舒服!!
辛苦了～!!
BEER
BEER
哇～～
跑完步喝啤酒真是一大享受!!
是啊，說是為這杯啤酒而跑也不為過!!
咕嚕
咕嚕…
太好喝了
BEER
BEER
目前為止，跟上次跑的時候好像沒什麼差別…
也不知道我們是不是有點進步了…
低語…

真正領會其中差異，則是到了第2天——
哇喔喔～?!
以前跑的時候，第2天早上就全身痠痛，可是……
哎呀呀……
今天沒有那麼痛了耶……!!
雖然還是有點痛!!
紀子也和我一樣……
我也和以前比起來狀況好多了……
只有一點痛而已～
對吧對吧
沒有像以前那種肌肉痠痛，好高興喔!!
嗯嗯～
兩人互相分享著喜悅
哈哈哈哈哈!!
太好了!!終於練就足以慢跑的體能了。
話雖如此，目前只不過是終於可以站上全程馬拉松長遠賽程的起跑點而已……
但感覺未來似乎前景光明……
♫

跑步裙
跑步裙也很可愛…♡
跑步洋裝
也有這種的喔
時髦的太陽眼鏡
可是一試穿，發現自己穿起來實在很難看…
哎喲～
緊繃
還是等瘦一點以後再說吧♡
一般稱穿得美美的女性跑者為「美眉跑者」
有一天我也…
T恤也不是普通的T恤，而是那種速乾排汗質料的…
容易活動肌肉的緊身褲
很貴
可以測心跳次數的跑步錶…
功能很多
無拘無束的內衣
保護腳部的運動襪…
有防滑功能
想要藉跑步減肥…
可是也想要有點肌肉…
鬆弛～
運動用品店裡有很多教人心動的東西!!
錢包
10000
10000
一不小心就會花很多

以前跑步時一直是這副德性…
嗚～
嗶嗶
老師
啪噠
啪噠
挺胸
擺動手臂
由腳跟著地
我看起來是不是有點職業選手的樣子？
…心想。
挺──
才注意以上幾點…
也嘗試跑步去辦事…
嗯，
用跑的去銀行和洗衣店！！順便再去一下書店～♡
可是，拿著東西跑在路上…
嗚～
洗衣店
怎麼看都像是在趕路的人…
跑到銀行，在提款機前汗流不止…
呼…
呼…
那個人很詭異…
嗶
嗶
一看就是初學者…
邊刷牙邊做半蹲運動
嘿嘿…
唰
唰
這模樣我絕不願曝光…
跑步後睡起來
格外香甜…♡
躺

我是那種衣服積了
一大堆之後才洗的人
沒衣服穿時才洗…
可是去跑步
會流一身汗…
嘿咻嘿咻
很會流汗
哎喲～流好多汗喔～
T恤和褲子都濕答答的
溼答答
溼答答
所以也就變得勤
洗衣服…
這或許是開始
跑步的好處。

首次參加比賽試身手(5公里／東京)

因為比賽地點就在附近，加上免報名費，我和紀子、新加入的加藤3人便決定參加某比賽的5公里組。
AJINOMOTO STADIUM
曼紐人壽慈善義跑
大家一起跑2008
歡欣登場
熱熱鬧鬧
比賽當天早上…
啊，早！
倏長～
鏘～
!!
好帥喔～
哇
加藤妳也買了一套跑步裝啊。
好好看喔…
唰
是啊，連太陽眼鏡都買了呢。
嗯…看來這位新成員還挺強的呢…
腿又長…又年輕…
兩人和我的年齡差距是
大我6歲
小我6歲
應該先到那裡辦理報到手續。
報到處
第一次參加馬拉松比賽，什麼事都覺得很新鮮!!
5公里報到處
領到號碼布了耶～!!
哇～
5963
4649
妳們看妳們看～
還有人變裝耶～!!
1192
開幕典禮
預備操開始～
哈哈哈，好像參加運動會喔～!!

到了起跑時間…
請參加5公里組的選手就起跑位置〜〜
啊〜好緊張喔〜
撲通 撲通
撲通 撲通
5963
噫？加藤呢？
地方電視台
啊，在那裡接受電視台採訪呢!!
哇〜好像馬拉松健將一樣耶〜♡
熱鬧滾滾
今天的目標是？
嗯，這個嘛〜
我記得她說過今天是第一次上場跑馬拉松…
根本沒練習過…
大家一起起跑了!!
砰
哇〜
哇〜
我們終點見囉!!
4649
5963
重新環顧四周，發現參賽者男女老少都有…
大家都跑得好快喔〜
加油〜
STADIUM
910
0103
噠 噠
沒想到竟然有年紀頗大的選手參加比賽
年約七十五、六歲的老太太
7080
跑得很快，我還被追過了。

在中途上……
來~請拿~
啊
飲水處耶!!
哇喔~我早就想體驗一下囉!
謝謝謝謝
唰
加油喔~~
不料喝得太猛……
咳
竟然嗆到了
咳
啊
咳
咚咚
把杯口稍微捏一下，喝起來才不容易嗆到!!
真的耶~這樣的確好喝多了……
一邊跑，一邊喝水，真的很難耶~
一點點
一點點
體驗了在飲水處補充水分，另一方面……
卻因為沒有距離感和不知如何配速……
糟…糟糕…已經開始覺得累了……
喘~
喘~
終點還很遙遠……
折返點
啊~
終點還沒到呀?
還很遙遠……
5公里怎麼這麼長啊~
第2次補充水分

哇~
哇~
終點
在這裡面
STADIUM
啊呵
終於可以進去體育場了!!
終於跑到終點時，真是感動得不得了!!
終點
高木選手現在跑達了終點!!
Bravo~
哇~
哇~
NAOKO
哇喔~
哇~
氣喘
吁吁
我腦裡的假想圖
5963
506
本來跑完以後也應該做伸展運動的，可是…
終點
小高~
哇~
哇~
筋疲力盡
啊…紀子…加藤…
963
這時候真是累得站不起來…
但之後就恢復精神跑去慶功了♡
乾杯~~
BEER
BEER
BEER
在附近的家庭餐廳
啊~啤酒好好喝喔!!
來一杯啤酒、3份炸薯條、雞塊、大的綜合炒麵、2份炸豬排咖哩飯
好像剛參加完課外活動耶~
加藤真的是食慾旺盛耶!!
這次的比賽沒計時也沒排名次…
可是，最高興的莫過於第一次參加比賽的3人都能順利跑到終點。
賀♥完跑
3人的排名是…
①
②
③
大約30分鐘…

Photo Gallery

今天是大晴天!!

設有起跑點和終點的體育場

忐忑不安地前往第一次參加的馬拉松比賽會場。

大家加油～～!!

ㄎㄨ～

好緊張喔…第一次報名參加運動比賽…

5公里組在這裡報到

有醫療救護隊在一旁待命，萬一暈倒也不要緊(?!)

那…那是什麼人?!

跑步日誌

這年紀特別懷念運動會啦…
好懷念喔~
想~
課外活動…這些詞♡
號碼布…
5963
選手…
也一樣!!
光是能站在平常沒有機會踏入的體育場內…
哇喔~
跑完了~
就夠教人高興的了。♡
學足球選手的模樣
這次的比賽是免費參加，但一般都須繳納報名費。
約三千圓左右
全程馬拉松有時需一萬圓
通常可是可以領到紀念品
馬拉松比賽
T恤或腰包等等♡
特殊紀念品
距離起跑還有一分鐘~
撲通
撲通
啊
會緊張得尿失禁的那種人
三個人都很喜歡啤酒
真是太好了~
嘿嘿嘿
也應該練習一下…
咳
咳
邊跑邊喝水
比賽的第2天，還是一樣全身痠痛…
全程馬拉松得跑8倍以上的距離耶!?
天啊!!

比賽時，找一個速度和自己相當的人……
啊……跟著那個人跑好了!!
把那個人當作帶跑者也是不錯的方法
不行……那個人跑得太快了……
氣喘一
吁吁
換這邊這個女的好了
啊……這個人也跑得很快……
哎喲~
等一下……別丟下我呀~
不行……換這位老先生好了……
老先生~
喘……
結果我的帶跑者是一個換一個……
?

發現跑步的樂趣

STEP.2

為了增強耐力，決定來試試登山。
高尾山
位於東京西側的山
坡度緩和易攀爬
海拔
599 m
據說爬山這種慢又悠長的步行過程，作為馬拉松的基礎訓練頗有功效。
高木聽說妳開始跑馬拉松了。
是啊，我的目標是參加全程馬拉松。
吁吁
氣喘
哈哈哈～
我的音樂家朋友
穿跑步爬山的我
呼…呼…已經爬很高了～
天氣好好喔～連很遠的地方都看得很清楚耶。
約為山頂
好熱喔～
那裡就是新宿的高樓大廈喔。
喔，是嗎？
咕嚕…
從這裡到那裡大概相當於全程馬拉松的距離。
42.195公里♫
什麼?!
噗
以前雖然多少有想過全程馬拉松的距離到底有多遠…
跑5公里時也…
嗯～
是這個的8倍多一點
聽說用健走走全程馬拉松，
8個小時左右就可以抵達終點耶～

可是，一看實際距離⋯
我⋯
我真的要跑這麼長的距離⋯？
真的是衝擊頗大⋯
不禁頭暈目眩起來。
怎麼了？
哎呀～
哎呀
只要慢慢延長跑步距離，一定就沒問題⋯
一方面也安慰自己⋯
嗯⋯
貼布
痠痛
之後也著實地練跑
現在到底跑多遠了？
5公里左右？
呼呼
氣喘
可是，總搞不清自己究竟跑了多遠。
於是便毅然決然地買了這兩樣東西。
Nike + iPod
MENU
Sport kit
(3400日圓)
iPod nano

這是利用裝置在鞋子上的感應器
與裝置在iPod上的接收器，
一邊跑一邊測量距離等…
顯示距離
內有接收器
通過3公里
也有語音指示
內有感應器
如果是順應Nike+功能的鞋子，裡面會有一個可以塞感應器的洞
※不順應此項功能的鞋子，也可以裝在鞋帶上
當然也可以邊跑邊聽音樂，
是一項很棒的產品。
哇喔～這就是熱門的iPod耶，好小喔！
滿心歡喜
第一次用iPod
可是，膽小的我不敢在街道上
邊聽音樂邊跑步…
危險～
叭叭
汪汪
很容易聽漏各種危險信號
決定在附近公園練跑時
才用這個。
公園
步行到公園需10分鐘，走路兼熱身。
這座公園有一圈
約六百公尺的慢跑道…
開始測量距離
哇
慢跑道
雖然繞著同一個地方跑來跑去…
也有其他人在跑步
300m
可是，在綠蔭中邊跑邊聽音樂
感覺果然不錯…

整個人不由得開朗起來…
閃亮
閃亮
但聽的是昭和時代的卡通歌曲
暢快地跑完一程!!
27分45秒跑完4公里!!
呼…
呼…
把iPod連接到電腦上，可以把數據分析得更詳細…
Runs
2km 6'14"/km
速度
距離→
4.02km
My Runs
Challenges
Community
Gear & Music
Support
啊～後半速度整個降下來了～
不清楚這項數據正確度究竟有多高…
下次我就跑快一點給你看!!
可是，這產品真的很有助於提高我這位初學者的動機。
從此以後，跑步時都會帶著iPod…
也喜歡上在公園跑步
有一天，跑完步回家，立刻去沖澡…
呼～
砰
嘩啦～
啦啦啦～

脫下來的跑步裝也馬上丟進洗衣機裡…
喀啷 喀啷
噫？什麼奇怪的聲音…
啊
天啊～我連iPod也一起丟進去洗了!!
我竟然把放在褲袋裡的iPod也一起丟進去洗了。
濕透的iPod當然沒反應…
哎呀～
靜悄悄～
喀味 喀味
MENU
之後雖然拚命把它弄乾…
沒…沒有用…
完全壞掉了…
喀味 喀味 喀味 喀味
吹風機
買了才不過10天，就送去修理了…
這個已經不能算是修理，得算換新，所以您需要付一萬五千圓。
打擊～
您才剛買不久，真是不好意思…
喀味 喀味
5000
10000
Apple Store
儘管因粗心大意，花了一大筆開銷…
嗚嗚…我這個笨蛋…
實質上是第2個
我還是決定以iPod為伴，繼續努力下去。

在附近繞著跑來跑去也很有趣。
哇，好漂亮的房子喔。
真想住住看～
啊，這裡竟然有一家很可愛的咖啡屋!!
我怎麼都沒有發現
Café
OPEN
真是一大發現
可是沒頭沒腦地跑來跑去…
轉來
轉去
噫…
該往哪邊才對呀？
哎呀，想回家卻回不去～
家在哪裡啊～?!
這只能算是迷路…

金教練傳授，讓啤酒更美味的跑法

加藤提了…
請位專家看看我們跑步的姿勢吧~
既然要出書
於是請來了專業跑步教練金哲彥先生。
金哲彥先生
曾於箱根接力賽等多項大賽中留下輝煌成績，目前擔任教練及解說員等活躍於各界。
而且竟然得以與金教練一起在皇居跑步。
請多多指教!!
大家一起加油囉!!
撲通
撲通
緊張~~
做完熱身運動之後，先請教練看看我們的跑步姿勢是否正確…
嗯…
依我看…
不安
嘿~
噠噠噠
忐忑
妳們跑的時候，有擺動手臂也有從腳跟先著地，就初學者而言表現得很不錯!!
真…真的嗎？
呵呵呵…
因為我們研究過書!!
可是，不是光擺動手臂就好，應該把手肘更往後推才是。
感覺像帶動肩胛骨
手肘大致是在身後
用力

感覺好像這邊有一個鼓，妳在打鼓一樣。
咚～
咚～
哈哈哈
鼓!?
往往有人跑起步來就只用到腳的力量，結果很快就累了…
哇喔—
也就是只有腳在跑
像跑馬拉松這麼長的距離時，很重要的一點是軀幹…也就是身軀必須保持挺直…
頭和上半身要與著地的那隻腳成一直線
感覺像是由肚臍那部位往前行進
軀幹
腳不要太超出身體
軀幹挺直的話，帶動肩胛骨的上半身動作可以進而帶動下半身，骨盤一活動，腳也就自然往前跨。
然後把重心往踏出去的那隻腳上移，另一隻腳略往後踢…
光是這樣的動力就足以前進了。
稍微踢一下而已♫
這些動作如果熟練了，就可以跑得很輕鬆，就像長了翅膀一樣。
翅膀?!
哈哈哈
啪
啪

我們遵照這幾項原則開始繞著皇居跑步…
哇喔～姿勢好帥喔…
眼睛看正前方～
啊，高木
練習的時候，不用跑那麼快。
卯足了勁，希望能得到讚美
啊?!
如果覺得喘不過氣來或體力不支，那就是速度已經超過了自己的能力範圍。
氣喘吁吁
像這樣可以一邊輕鬆講話一邊跑的速度就好了。
速度雖慢，但長時間跑下來還是比快跑更能鍛鍊體能。
…
平常練習時，也最好用時間來衡量而不是用距離。
用距離的話，很容易想要趕快跑完，不知不覺間就越跑越快…
嘿～我要跑10公里喔～
那就往往累得不想再跑
喔～原來如此～
用時間的話，急也沒有用，心情也比較輕鬆，不是嗎？
來跑個一小時吧♫
這時…
啊，對不起…
鈴鈴鈴

喂～
啊，您好。
稿子要改是嗎？那可不可以請您送到我的辦公室？
哈哈哈
金教練果真如剛才所說的，一邊跑一邊自若地談起公事…
對方大概沒發現他是一邊跑一邊講電話
還用手機上網查東西…
喀哧
喀哧
必這是金教練才辦得到的事。
他還幫我們找了今天跑步結束後要去的餐廳。
去這裡好不好？前幾天電視上有介紹，好像很好吃喔。
好啊
儘管是慢慢地跑，也未免太厲害了。
最後我們來練習一下讓啤酒更美味的跑法吧♡
噫？
哈哈哈
難得有這機會
來!!
先來個跑跳步，動作要大!!
雙手也要大幅擺動!!
動作誇張一點!!
咚!!
咚咚!!
咚!!
咚咚!!
四個大人竟然在做跑跳步…

最後的跑法是慢慢加快速度，再慢慢放慢速度。
噫…
身體放鬆，不要用力…
慢慢加快速度…
噠
噠
暫時維持接近全力衝刺的速度!!
嗚～
身體挺直，不要往前傾!!
高木，妳的頭太前面了!!
衝 衝 衝
然後再慢慢放慢速度
筋疲力盡～
喘……
喘……
哈哈哈 妳們還好吧？
這種訓練法叫 wind sprint（衝刺訓練）。
兩遍!?
等呼吸調過來之後，我們再做兩遍!!
不知不覺間快要跑完皇居一圈時…
嘎～
來，加快速度!!
哇～
衝衝衝
三個人今天都好好地流了一場汗。
大家辛苦了
喘…
喘…
最後這場跑步真是累人…

跑完步之後，當然又是大喝啤酒犒賞自己!!
呼～
老是這樣，真不好意思…
哈哈哈…最後那場跑步流了一身汗，啤酒喝起來也就更加美味，不是嗎？
請再給我一杯啤酒
我也是
除了慢跑之外，有時把剛才那種訓練方式納入練習中會收效更快。
今天看妳們跑步，我覺得高木或許很適合長跑。
真的嗎?!
嗯，妳的體格是屬於那種不容易累又能跑很久的類型。
好羨慕妳喔！小高
嗯，或許應該說絕對不適合短跑～
哈哈哈
哇～
已經沒在聽了
聽了許多寶貴的建議，覺得勇氣油然而生…
練習的時候，慢慢跑就好了…
我很適合長跑…
呵呵呵…
我們體驗了一段充實又愉快的訓練課程。
非常謝謝您～
有機會再一起跑步吧!!
關於訓練內容請詳閱金教練的著作。
內容好豐富喔
軀幹跑步法

Q.各種運動都不擅長，也可以跑馬拉松嗎？

A.可以的。不擅長球類等運動的人，也就是所謂運動神經不是很好的人也可以從事馬拉松這種長距離運動項目。有很多例子說明不擅長其他運動的人越能勤奮努力彌補自己的不足，因此反而更適合跑馬拉松。

Q.完成幾分鐘健走之後，再開始練習跑步比較好呢？

A.健走30分鐘，應該就能夠慢跑約10分鐘。所以首先應該訓練自己可以一次連續快走30分鐘。

Q.買鞋子和衣服等時應該注意什麼？

A.挑選適合自己尺寸和跑步能力的用品。初學者如果只注重外觀，穿上高級跑者用鞋跑步的話，很容易導致腳部受傷。買鞋時應該挑選大一號的，鞋前和腳尖間有足以容納一隻手指的空隙，鞋後跟能穩定包覆住腳跟，這才是正確的選鞋方式。

Q. 練習路跑時，遇到紅燈是否該停下來？

A. 請務必停下腳步，遇到紅燈不停下來是很危險的。可以利用這數十秒的時間做做伸展運動等，調整身體狀況。

Q. 跑步姿勢中最須注意什麼？不可以隨自己的習慣喜好去跑嗎？

A. 跑步姿勢中有幾項基本原則，隨自己習慣喜好去跑，只要不違背基本原則就無妨，但如果姿勢上有錯誤就應該糾正過來。跑步時最須注意的是身體是否挺直，以及身體重心是否放在著地的那隻腳上。

Q. 我是個很容易厭倦的人，如何才能持之以恆呢？

A. 立定目標，好好記錄練習日誌，也是提高動機的方法之一。另外，跑步時帶隨身聽等一邊聽音樂一邊跑也可以避免厭倦。

因為有很多人在跑步…
午休時間的上班族
加油
社團活動
所以不論白天晚上都可以放心跑步
晚上也有很多下了班的人在跑步
因地緣關係也有很多警察
(洗手間也很多)
大都會中的跑步好去處
皇居
護城河
皇居
一圈約5公里很好記!!
周邊有很多跑友可以利用的澡堂、淋浴設備等，很是方便。
跑步時也可以把東西寄放在寄物櫃
人聲吵雜
擠滿跑友的澡堂
周邊也有很多啤酒屋等，可供跑步之後暢飲一番!!
神保町
有樂町
神田
銀座
和金教練跑完之後也…
氣喘吁吁…
口渴喔…
真想趕快喝到啤酒
哈哈哈
喝啤酒之前，先忍耐一下別喝水比較好吧?
這樣啤酒才更美味!!
不不…跑完應該盡快喝水或運動飲料
不要一下子就灌啤酒…
忍耐是不對的…
金教練說的一點也沒錯…

儘管還無法掌握金教練所說的「像長了翅膀」的跑法…
噫？
是這樣嗎？
但畫成假想圖的話…
腳啊，加油喔！
跑步是腳的職責呀！
肚子
好累喔
你們好差，全讓我一個去跑。
這樣是不對的!!
跑步的時候，必須動用全身才是!!
噫
金教練
腳啊，對不起喔…
以後我們一起努力吧！
好感動喔
哇喔～
我要努力不晃動!!
頭
我也要盡量用力!!
肚子
我也要大幅擺動!!
手臂
好輕鬆喔!!
腳
謝謝大家
大概是像這樣吧？
和金教練在皇居跑完步後，到附近的跑友淋浴站一看…
淋浴
跑友之家
CLOSE
啊，公休!!
結果初次見面就借用金教練辦公室的浴室…
不好意思，我洗好了♡
請喝茶
謝謝
不好意思，我去沖個澡。
對不起，畫得有點噁心…

在家……
怎麼辦……要不要去跑步呢……
唸
碎碎
碰到這種時候……
先打掃家裡!!
做些激烈一點的動作……
轉~
沒啥意義的pose
如此一來，既可以舒展筋骨……
呼……
好了……
又可以熱身……
順勢跑步去囉!!
去跑步囉~
噠噠
家裡變乾淨了，另一方面也達到熱身的目的，真是一舉兩得……

STEP.3

參加各地的馬拉松比賽

報名參加國內各項比賽&檀香山馬拉松！

暑假的週末本來人就很多，再擁進大批馬拉松跑友，當然會變成這樣…
※比賽通常安排在星期天
糟糕糟糕!!
怎麼辦～
哇～
去問問旅行社吧！
嗯…
於是就去找旅行社幫忙…
這問題真的很大!!
我也跑馬拉松，也有過這樣的經驗。
我能了解!!
旅行社的箕輪先生
沒想到承辦人也恰巧是一位跑友。
您不用擔心!!現在還有辦法，事情就包在我身上!!
多虧這家旅行社的熱心幫忙…
連之後報名的另一個馬拉松比賽也…
巨峰之丘馬拉松比賽
2008年9月21日(日)
名額2500人
呼
順利確保了下榻處。
可是才了卻一件事…
怎麼辦…這邊也得開始計畫才行。
現在是6月
是啊，怎麼辦好呢？
12月舉行的檀香山馬拉松比賽報名日期已經一步步地迫近。
檀香山馬拉松2008年12月14日
H.I.S. 檀香山
JTB
檀香山之旅
再度召開馬拉松會議
檀香山馬拉松比賽在日本也可以輕易完成報名手續，但最大的問題是如何買到機票。
因為每年約有一萬五千人由日本飛往檀香山參加這項超人氣盛會。
飯店也很快就客滿!!

聽說一些受歡迎的旅行團也很快就額滿，只好排候補
或是訂很貴的飯店的
有時當天就額滿了
嗯～自己安排會不會比參加旅行團好呢？
自由行 檀香山
JTB 檀香山馬拉松 2008
H.I.S
可…可是…
現在我們的能力才不過如此，半年後真的可以跑全程馬拉松嗎…
好不容易才報名參加10公里ㄟㄟ馬拉松…
老實說三人這時都還沒有自信可以跑完全程馬拉松…
嗯～
不過，檀香山馬拉松的優點就是沒有時間限制♡
很多比賽都規定要在5小時內跑完，最長也不會超過7小時。
所以只要不中途棄權，用走的也可以抵達終點…
唉～終點在哪裡～
7053
根本沒時間讓我們遲疑了…
去檀香山的機票已經快賣光了!!
○○航空已經客滿了!!
真的?!
哎呀，怎麼辦?!
先把機票訂下來好了!!
哇～
哇～ㄟㄟ哇～
快點快點!!
飯店要不要順便訂?!

在忐忑不安中決定了檀香山之行…
機票、飯店也順利訂到了
阿囉哈～♥
HAWAII
結果全都是自己辦理。
那麼，在全程馬拉松之前就先來跑個半程馬拉松吧!!
秋天的比賽也已經開始報名了耶!!
哇喔～
馬拉松路跑
波斯菊馬拉松
紅葉馬拉松
楓葉馬拉松
半程馬拉松
我們很快在6月擬定了今後半年的計畫!!
夏
秋
冬
8/3 日光杉樹道馬拉松比賽（10km組）
栃木
9/21 巨峰之丘馬拉松（10km組）
山梨
10/21 松島半程馬拉松（21km組）
宮城
11/16 戶田馬拉松in彩湖（21km組）
埼玉
12/14 檀香山馬拉松（42.195km組）
夏威夷♥
哇～!!
訂了這麼多計畫，到時能否付諸實行，真是充滿不安…
如果在跑10公里的時候就氣餒了，那怎麼辦～
撲通
撲通
撲通
但我決定現在起一點一滴地努力…
越來越熱了～
以期許自己能跑遠一點。

在常去的附近公園跑步…
公園
撲通
撲通
今天不知道會不會碰到?!
這個時間來經常會碰到的呀~
四下
張望
唉~~難道今天又見不著面了?
啊~~!!
撲通♡
看到了!!
好可愛~~喔!!
愛~~
我喜歡的一隻狗↓

頭和尾巴特別毛茸茸…♡

到了8月——
嘰～
嘰～
3人朝日光出發，初次遠征參加10公里馬拉松比賽!!
轟隆…
先去這裡弁
看看這個
吃吃這個弁
日光
轟隆…
茶
BEER
車站便當
幾個人瞎高興…
到了日光以後…
東武日光店
金谷麵包店
天氣好好喔!!
去郊遊順便為明天的比賽熱身…
好漂亮喔
戰場原
可以沿著木板步道穿越濕地
一邊眺望美麗的瀑布…
湯瀧
嘩啦啦…
哇喔～
一邊前往日光附近的鬼怒川溫泉下榻。
鬼怒川溫泉
東武鐵道
日光
下今市
比賽會場
雖然離會場有點遠，可是鬼怒川溫泉裡的好旅館還有空房。
那就住鬼怒川吧!!
箕輪先生企劃的行程
到了旅館，好好地泡泡溫泉，然後…
我先出去了…
呼～
泡一下子而已。
好舒服喔
泡很久

享受美味的晚餐♡
要好好補充營養，明天才可以上場比賽!!
狼吞虎嚥
請再給我白飯和啤酒♡
啤酒還是只喝一杯就好了
為了明天…
加藤這一天也是食慾旺盛…
每次添飯都要叫人家過來，真是麻煩。
又沒了
不好意思，請給我一鍋白飯!!
吃完晚飯以後也…
飯店裡的居酒屋
我去一下這裡♡
啤酒
拉麵
餃子
妳們先睡吧
妳還要吃啊!?
哇～
就寢…
呼～
飯店
比賽當天早上——
5:30起床
今天是8點35分起跑，時間很早，所以三人也早早起來準備。
啾…
啾…
防曬油…
好睏…
早餐前就必須離開旅館，沒想到…
我們要退房
櫃台

這是給您們三位的飯盒!!
熱呼呼
鏘—
旅館還把早餐做成飯盒給我們帶走，真是令人感激。
我已經跟旅館說好，請他們把早餐做成飯盒給妳們帶走。
箕輪先生企劃的行程
在電車裡吃…
飯盒耶，好高興喔~♡
轟隆…
飯糰
箕輪先生企劃的行程真是太棒了♡
轟隆…
茶
另外買的
便利商店
飽餐一頓後，來到會場
會場設在一所中學的操場
第3回日光杉樹道馬拉松比賽
熱鬧
滾滾
果然有很多人參加。
跑友一大堆…
啊~好緊張喔，不知道可不可以跑完10公里?!
先好好做一下伸展運動吧。
吵雜
人聲
撲通
撲通
不知不覺就到了起跑時間!!
請參加10公里組的選手—就起跑位置…
絡繹
不絕
終於到了
哎喲~
距離起跑還有10分鐘—
這裡的路線後半段比較難跑。
噫?
要注意前半段不要跑太快
今天天氣又熱…
沒錯~
忐忑
不安

我光注意「10公里」這個距離，沒留意到…
哇~
預~備
砰!!
加油
哇~
待會兒見!!
哎呀呀
有些比賽路線會有上下坡…
哇，是下坡耶~♡
哇
這次的路線是先跑下坡，然後折返回來…
起跑點 & 終點
杉樹道
去程
折返點
高低差 約80公尺
回程
前半段體力還足以應付，可是…
5公里處
哇~
折返點
已經跑完一半了…
到了後半段，當然就都是上坡…
哎呀，是上坡!!
而且一直都是!!
速度頓時慢了下來。
呼…
呼…
嗚~

以前練習的時候都是跑平路…
在公園跑步~
啦啦
不知道上坡路段該怎麼跑
而…而且，好熱…
好想用走的
嘰~
嘰~
呼…
哇~
哇~
這時…
沿途的熱情加油聲鼓舞了我…
哇~
加油~
還有3公里~
啪
啪
呼…
在飲水處補充了寶貴的水分…
加油~
請用~
啊呵~
又活過來了!!
又拚命地往前跑…
哇~
嗚喔~
呼…
我絕不用走的!!
加油
呼…
終點就在眼前!
加油~
我發現加藤就在前面!!
啊
9公里
那是!!

努力一點
搞不好
可以追上呢～
使盡
最後的力氣…
哇～
哇～
衝衝衝
差一點就追上了，
真是可惜。
FINISH 第3屆日光杉樹
嘿～
啊，高木
以9秒之差跑達終點
哇～
啪
啪
這次雖然也疲累不堪，
但抵達終點後領到完跑證書，
真是感動倍增♡
好高興喔，
心情就跟拿到獎狀
一樣～
感從中來～～
不到一小時
就跑完了耶!!
完跑證
第3屆日光杉樹道馬拉松比賽
10公里一般女子組
高木直子
紀錄 0:59:11
名次第119名
一般女子組
206人當中
第119名
踉踉
蹌蹌
啊，紀子
呼～
辛苦了
之後，紀子也順利抵達終點
兩人的成績是…
1:01:35
第135名
59:02
第118名
跑完後疲累加上燠熱，
暫時沒食慾，可是…
好厲害，
剛跑完就能吃炸雞…
炸雞
炒麵
冰
嗚…
我也不行…
來到宇都宮時，
已經恢復了食慾!!
賀完跑
10公里
啊～
大啖當地的名產餃子，
互讚此次能順利完跑。

跑步日誌

比賽大多很早就開始。
因為中午跑起來很熱!!
夏季的比賽更是早。
有時會來不及吃下榻處供應的早餐…
如果能做成飯盒給我們帶走，那真是太感謝了!!
而加藤光吃飯盒是不夠的…
因此還在便利商店買了很多東西…
三明治、納豆等等…
飲水處如能供應好水，那真是貼心的服務!!
日光的好水
啊~~♡
還免費提供味噌黃瓜
ㄎㄠ
ㄎㄠ
真想來杯啤酒♡
※還沒跑之前
日光
←鬼怒川溫泉
←在宇都宮吃餃子
這行程碰巧與我在《一個人去旅行1年級生》第一章中介紹的相同…
宣傳
一個人去旅行1年級生
一個人去旅行1年級生 大田出版
因此，我在宇都宮就當起了導遊♡
我知道一家好吃的店喔~
這裡 這裡
正嗣
喔~
一共去了4、5家♡
餃子和啤酒是…我的最愛

在戰場原健走

唉～

來日光玩…
不，是來跑
馬拉松!!

東武日光駅

水流清澈…

負離子

離會場最近的
車站

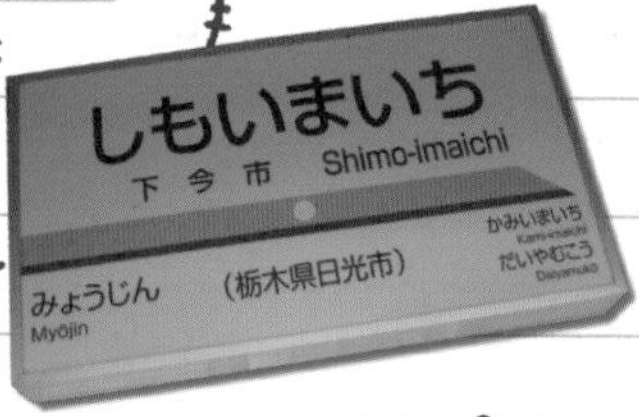
しもいまいち
下今市 Shimo-imaichi
かみいまいち
Kami-imaichi
だいやむこう
Daiyamukō
みょうじん
Myōjin
(栃木県日光市)

下榻處位於
鬼怒川溫泉

夏天竟然有黑輪

日光的名產 豆腐皮烏龍麵

比賽前一天，
好好補充營養。
(啤酒少喝一點)

上場囉!!

轟隆轟隆

熱呼呼~

令人感動的飯…♡

人聲吵雜

日光的杉樹道
樹木成蔭

會場上販售各種東西。

在宇都宮大啖餃子♡

參加獎—杉樹印花T恤

杉…

領到完跑證書♪

跑完步
吃餃子，讚!!

Q. 比賽前一天在生活上應該注意什麼？可不可以喝酒？

A. 只要不過量，喝酒是無妨的。比賽前一天可以和平常一樣跑跑步，晚餐時充分攝取碳水化合物，並確保睡眠充足以免影響比賽。跑完之後，先喝水或運動飲料補充水分，等身體緩和下來後再喝啤酒等酒類。

Q. 夏天參加馬拉松比賽，應該如何預防中暑？

A. 應該戴帽子避免太陽直接曬到後腦，並在飲水處充分補充水分，除了喝也可把水灑在頭上或大腿上冷卻身體。比賽中從飲水處拿飲料時不須慌張，不妨稍做停頓，喝的時候，可以一邊走並分幾次入口。

Q. 跑完之後食慾大增，絲毫達不到減肥的效果…

A. 如果只是適度的跑步，反而容易因此增加食慾造成飲食過量。如果體重一直無法減輕，與其忍耐不吃，不妨配合改善飲食內容（食材及烹調方式）及用餐的時間以利收效。

＊千秋直美1972年以「喝采」奪得日本唱片大賞，
台灣中文版由鳳飛飛翻唱。

一起練跑真有趣

那之後，我繼續在家附近默默練跑⋯
練習跑上坡!!
嘿～
老是一個人跑步也太無趣，所以有時會一起練習。
早～
早～
今天是和紀子一起練習♡
穿跑步服裝會合
在離家很遠的地方跑步時，最傷腦筋的就是不知道東西該放哪裡。
原宿站
擠～
嘿咻
這天是把東西放在車站的投幣式寄物櫃⋯
然後到離車站不遠的代代木公園跑步。
旁邊就是明治神宮
哇～
在不同於平常的景色中跑步，別有一番樂趣⋯
哈哈哈 那一群人跳的舞好奇怪喔～
這花好漂亮喔，是什麼花呀？
恰恰♪恰恰
蹦蹦♪蹦蹦
是竹筍族嗎？（過時了嗎？）
也有很多時髦的狗

40分鐘後，暢快地結束了練習。
呼…好熱喔～
好想吃冰淇淋喔～
跑完了…
跑完步，真想趕快沖掉一身的汗水，可是澡堂都還沒開…
澀谷附近
這天決定去一家聽說也有淋浴設備的漫畫咖啡廳。
漫畫咖啡廳
24小時營業
PARCO
109
我是第一次上漫畫咖啡廳耶～
我也是～
有點緊張～
淋浴間男女各只有一處，得排隊，但比想像中的乾淨舒適…
嘩啦～
啦啦啦♪～
還可以無限暢飲各種飲料。
哇～有可爾必思還有檸檬蘇打♡
無限暢飲
COFFEE TEA
可樂 可爾必思
檸檬蘇打 柳橙汁
玉米濃湯 可可
呵呵
連玉米濃湯都有耶～
還有霜淇淋耶～
彎～
很喜歡吃冰淇淋
第一次來這種地方，沒想到還不錯耶，或許是一個跑完步的好去處。♡
也有漫畫…
費用也很便宜
1小時400圓（免費暢飲飲料）＋淋浴300圓
MENU
然後去逛逛運動用品店…
Summer RUN
啊～新款出來了
好可愛喔～
RUN

接著大快朵頤
我覺得我最近食量變好大喔。
飯好好吃喔~♥
妳以前食量很小耶…
分量十足豬排定食!!
附啤酒
兩人就像正在發育的國中生一樣，拚命地吃…
晚上睡得又香又沉
呼嚕~~
根據彼此所需，安排適合一起練跑的路線，也是一件樂事。
有容易跑的公園或河濱…
離車站很近，又有寄物櫃和淋浴設備…
最好附近還有好吃的店~
嗯嗯…
TOKYO MAP
有一天和加藤一起練跑…
蒲田站
妳好~
這一天，我們原本預定借用一家非會員也可以利用的運動俱樂部的寄物櫃和淋浴間，在附近的多摩川河堤上跑個10公里，可是…
加油~!!
加油~!!
哇，真是年輕呀…
少年棒球隊
左野手~
哇~
後退~
大熱天的中午，兩人中途就筋疲力盡…
豔陽高照
一點陰涼的地方也沒有
唉~~

這種大熱天想要在河濱跑10公里，真是太誇張了。
嗯…
中華料理
咕嚕咕嚕
嚼
嚼
煎餃
BEER
這天一邊反省種種，一邊又是大吃大喝。
跟人家說「我開始跑步了」
那麼妳一定瘦了囉？
經常會被如此問…
大概是吃的熱量比跑步消耗的還多，我的體重幾乎沒什麼變化。
再點三盤餃子、一個韭菜炒豬肝、一個青椒肉絲和一盤炒飯吧
還有啤酒!!
MENU
好啊！我們盡量點吧!!
可…可是，基本上體脂肪是減少了一些，肌肉增加了一些…
紀子倒是瘦了
原本就很苗條
不管那麼多，現在的我吃得下睡得著…
餃子和啤酒真是絕配啊～
又不容易感冒，身體健康得不得了，
哈哈哈
BEER
而且也獲得許多以往所沒有的經驗…
下次再一起練習囉!!
嗯
深深覺得開始跑步真好。

Let's go 公園跑步

在公園跑步好是好…
♫
可是人多的時候就不太方便…
吵雜
人聲
呵呵呵
哇
沒有人的公園雖然跑起來順暢無阻…
真是個好地方
哎喲~對不起啦!!
嘎
嘎
但有時會慘遭烏鴉襲擊…
在家附近做熱身運動有點難為情…
嘿
嘿
去到公園有很多人在運動…
嗯 嗯
一 二 三 四
利用長椅做伏地挺身
做啞鈴操
自己也可以盡情地做熱身運動。
打太極拳熱身
呼
不過，那個我可不敢嘗試…
嘿
嘩啦
嘩啦
在水龍頭下洗頭的歐吉桑…

去跑步的時候，帶一百五十圓在身上……
氣喘吁吁
按
喀啷
最後買罐飲料喝，也是樂趣之一♡
可是，有一天跑著跑著一百圓硬幣就掉了……
哎呀!?
怎麼只有五十圓!?
在公園裡找了找，可是沒找到……
口好渴哦~
喘 喘
這時代五十圓也買不到一根冰棒……
經過那次悲劇，我總不忘多帶點錢!!
有備無患!!
第1圈
傍晚，在常去的那個公園跑步時……
啊有一對情侶耶……
甜甜
蜜蜜
第3圈
噢
緊抱
哎喲~♡
還真親熱
第7圈
啵~♡
哎呀呀~
第12圈……
受…受不了了……
喘……
喘
把公園當成了什麼地方……
完

豪華參加獎！巨峰之丘馬拉松(10公里/山梨)

9月又參加了另一個10公里組馬拉松比賽。
山梨市
巨峰之丘 馬拉松
吵雜
人聲
這次我們三人同樣先在附近的石和溫泉悠閒地住一晚，然後再前往會場。
石和溫泉
呼～
呆～
箕輪先生企劃的行程
我們是在「參賽者可獲贈巨峰葡萄」的吸引下報名參加的…
可以領到巨峰葡萄耶
巨峰～
3730
3194
3840
這次的馬拉松比賽路線顧名思義是安排在巨峰葡萄園的山丘間。
10公里組路線圖
前半上坡
後半下坡
起跑點&終點
小学校
高低差約190公尺
據說這次比賽路線高低起伏劇烈，跑起來分外艱辛，與悠閒的印象恰恰相反…
START
預備
砰
巨峰
哇
哇
終點見!!
哇
爸爸
日光馬拉松之後，我多少有練習跑坡路…
呵呵…
沒想到眼前出現的是…

遠遠超乎想像的坡路!!
天啊~
這叫做丘喔?
加油~
想努力跑完這段坡路，不用走的…
喘…
喘…
緊閉雙眼，不敢正視眼前的駭人景象…
但速度和停下來走路的人其實相差無幾…
喔~
呼~
噗
噗
慢吞吞地…
這時，又是夾道的加油聲鼓舞了我…
人生就是挑戰
自製的加油布條
自製的蓮蓬頭
加油喔~
請喝水
啪
啪
發巨峰葡萄的人
飲水處還放有鹽巴
就這樣不屈不撓地繼續慢慢跑。
呼
呼
呼
跑友之間也互相激勵…
一起加油吧!!
加油~
喔~
氣喘
吁吁
大家都是同樣的困境

後半段則是突然轉成一路的急下坡…
哎呀呀
8km
3194
50
衝衝衝…
與其說這是最後衝刺，其實是腳根本停不下來…
FINISH
哇
哇
好久沒這樣衝著下坡了…
3194
506
衝衝衝…
就這樣一口氣衝到終點!!
之後兩人也跑完這段有如坐雲霄飛車般的賽程，順利抵達終點。
FINISH
哇
哇
好累喔～
啊～
好急的坡喔…
辛苦了～
3194
也領到了完跑證書。
成績雖然比日光馬拉松差了點…
可是就那坡路來說我已經夠努力了!!
而兩人的成績是…
1:07:14
1:05:49
我有停下來走一段
第24屆 山梨市
巨峰之丘
馬拉松比賽
完跑證書
10公里女子組
高木直子
紀錄1:01:22
名次一般女子組
242人中 第90名
接著前往領取期待已久的巨峰葡萄♡
請～
請～
免費的
剛摘下來的巨峰葡萄汁多味美…
好好吃喔!!
還是第一次吃到這麼好吃的巨峰…
梗還是綠色的
教人大為驚嘆!!

之後來到勝沼葡萄鄉站一個名叫「葡萄之丘」的地方，準備好好地用餐並泡泡溫泉，不料…
葡萄之丘
觀光葡萄園
溫泉館
天空の湯
正當採葡萄的旺季，又是星期天…
餐廳
對不起，前面還有20組客人在等…
人聲吵雜
什麼?!
咕~
人潮擁擠，連餐廳都沒位子!!
溫泉倒是洗到了
搭計程車在附近找了幾家餐廳，不是大排長龍就是休息時間…
轟隆
轟隆…
閃
TAXI
而且還下著大雷雨…
哎喲
唉…那麼努力地跑，竟然沒飯吃…
咕~
肚子好餓喔…
午餐難民…
TAXI
我想到還有另外一家!!
去那裡看看吧~
啤…啤酒
咕
最後終於來到一家餺飥*店!!
山梨名產
餺飥
加了南瓜
這種情況下吃到的餺飥那貼心的滋味…
啊~好好吃喔~
手擀餺飥
請再給我一杯啤酒
好幸福喔…
和巨峰葡萄的美味都成為一段難忘的回憶。

＊餺飥是山梨縣的一種鄉土麵食料理，由扁平的烏龍麵加上蔬菜、味噌燉煮而成。

吃自助式早餐
填滿肚子

很高興有香蕉可吃♡

很抱歉，我擺得不太美麗。

搭特急，Let's Go!!

咻~

やまなしし
山梨市
YAMANASHISHI
（山梨県山梨市）
かすがいちょう
KASUGAICHŌ
ひがしやまなし
HIGASHI-YAMANASHI

Photo Gallery

10Km
女子高校生以上
4001
~4297

我永遠都是屬於女高中生（以上）

排隊等著搭公車前往會場的人們…

巨峰の丘マラソン

巨峰の丘
マラソン

大家看起來都很高興。

\\謝謝囉~//

參加獎是一盒巨峰葡萄♡

//請嚐嚐巨峰葡萄\\

搭普通火車Let's Go!!

かつぬまぶどうきょう
勝沼ぶどう郷
KATUNUMABUDŌKYŌ
（山梨県甲州市）
かいやまと
KAI-YAMATO
えんざん
ENZAN

很美的站名……

車轟隆……

普通

山梨名產 餺飥

加了南瓜♡

久遠寺長長的階梯

巍峨的久遠寺門

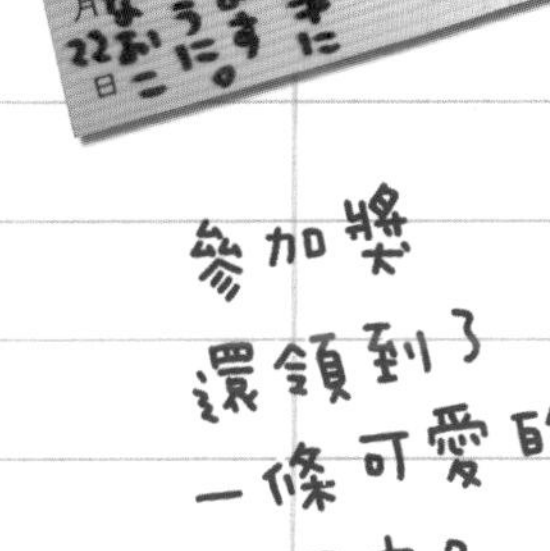
願いごと
2008年
ホノルルマラソンに
みんな無事に
ゴールできますように。
20年9月22日
たかぎなおこ

參加獎還領到了一條可愛的小毛巾。

山梨市 第24回
巨峰の丘マラソン大会
2008.9.21.sun

呵呵呵

回程時在車內來杯酒故作優雅。♡

比賽前一天晚上…
妳們先睡吧~
明天早上很早就得出發耶!!
加藤去了晚上營業的小酒吧…
聽說旅行中去一些奇怪小酒吧是加藤的一大樂趣…
怎麼看都是用走的…
不過本人可自認是用跑的!!
氣喘
吁吁
踉踉
蹌蹌
跑達終點後，加藤還傳伊媚兒給昨晚在小酒吧認識的朋友…
順利跑達終點
喀嚓喀嚓
其實，下坡時是不可以一口氣往下衝的…
停不下來~
呱噠
呱噠
據說那樣會給腳很大的負擔。
難得來，我和紀子就在下部溫泉這地方多住一晚…
跑完步泡溫泉真是一大享受
第二天去久遠寺參拜…
哎喲~好痛喔~
嗚嗚
跑完馬拉松後全身痠痛，爬起樓梯像老太婆一樣…
有287階

延長跑步距離

STEP 4

藉LSD與登山訓練耐力！

30多分鐘後來到了目的地
公園
用跑的其實滿近的嘛～
嘩啦
嘩啦
在大公園跑步果然舒服…
喔～這跑道有2公里耶～
嘩啦
清晨就有很多人在跑步
慢跑道
早晨的清新氣息格外吸引人!!
啾
啾
沒想到還有這幅景象…
練習樂器的人
打太極拳的人
遛狗散步
嘿～
嘿～
平常這時間的我
補充水分
又是新的一天～
做全民體操的人們
呼～
還在睡夢中
在公園裡感動地跑完兩圈之後，來到外面…
噠
噠
噫？
看到像是跑步上班的上班族
跑步用的背包（裡面大概是替換的衣服）
噠
噠
聽說最近有很多人利用上下班時間跑步。

我也得加油才行！
咕嚕…
喔
不知不覺間，跑的距離已經超過了10公里!!
iPod
這…這真是太令人興奮了…
哇喔～已經變成12公里了耶!!
是目前的最長紀錄耶!!
撲通
撲通
嘩啦
嘩啦
正在更新自我最新紀錄!!
到家時約跑了15公里，時間是1小時50分鐘。
哇～完成一次LSD了!!
筋疲力盡
這應該是LSD吧?!
連忙傳伊媚兒向兩人誇耀。
什麼？妳做了LSD?!
哈哈哈
跑了15公里，小高妳好厲害喔!!
電腦
有跑友也是一種很好的激勵。
此外，有時也爬爬山鍛鍊體能…
6月
和紀子一起去尾瀨
嘿咻
嘿咻
這時，同樣預定由大田出版登山書的鈴木智子邀請我…
高木妳要不要一起去爬座山？
好啊，好啊!!
我也會一起去
大田出版
鈴木的著作
等等…

我們決定爬位於神奈川縣的塔岳。
塔岳
1491公尺
請多多關照
成員
負責鈴木出版企劃的今尾
鈴木
兩人最近多少有跑步鍛鍊身體，對體力也稍具信心……
我下次要參加半程馬拉松喔~
哈哈哈
鈴木妳要不要一起跑馬拉松啊？
勸誘
前半段體力還不錯……
哇哈哈
沒想到還有這種地方
一鼓作氣!!
順利抵達山頂……
塔岳山頂
哇~
到了~
大家歡鬧成一片……
在山頂上吃飯，真是太棒了!!
起司火鍋
啤酒也
BEER
下山的路比想像的遠……
啊，有鹿耶~
盯~
……
盯~!!
哇
好近喔!!
才走到半路太陽就下山了……
平生第一次用頭燈
小心腳步喔~
都是因為在山上玩太久了。

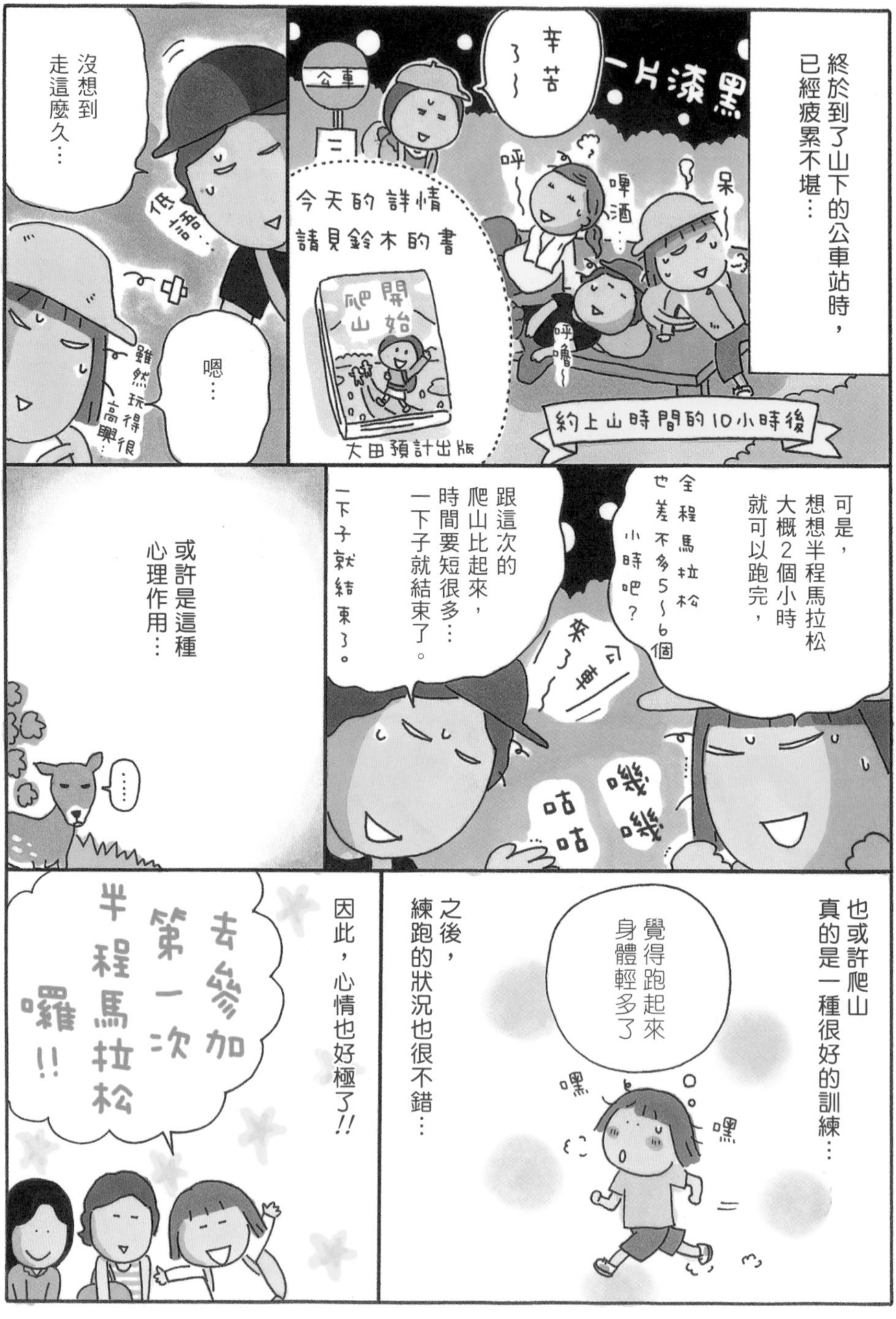
終於到了山下的公車站時，已經疲累不堪…
一片漆黑
辛苦了～
公車
呆～
啤酒…
呼～
呼嚕～
今天的詳情請見鈴木的書
開始爬山
大田預計出版
約上山時間的10小時後
沒想到走這麼久…
低語…
嗯…
雖然玩得很高興…
可是，想想半程馬拉松大概2個小時就可以跑完，
全程馬拉松也差不多5～6個小時吧？
跟這次的爬山比起來，時間要短很多…一下子就結束了。
一下子就結束了。
公車來了～
嘰嘰
咕咕
或許是這種心理作用…
……
也或許爬山真的是一種很好的訓練…
覺得跑起來身體輕多了
嘿
嘿
之後，練跑的狀況也很不錯…
因此，心情也好極了!!
去參加第一次半程馬拉松囉!!

請問金教練！Q&A

Q. 平時應該注意攝取哪些營養，以增強精力與體力？

A. 應注意多攝取低脂蛋白質及富含鐵質、鋅等礦物質的食物。此外也建議多食用含有消除疲勞功效的大蒜等菜餚。

Q. 是否應避免在大熱天跑步？夏季練跑時又該注意哪些？

A. 建議盡量選在較清涼的晨間跑步，早上沒有時間的人可以改在夜間。白天跑步時應盡可能挑有樹蔭的地方，氣溫超過25度就必須補充水分，超過30度即應停止，不可貿然勉強練習。

Q. 忙得抽不出時間練習時，該如何在日常生活中鍛鍊體能？

A. 忙得沒時間練跑的人可以利用上下班的時間健走，快走30分鐘以上就是一種很好的體能訓練。如果能在起床後或睡前做點鍛鍊肌肉的運動就更容易收效了。

在景色絶佳的松島初次挑戰半程馬拉松（21公里／宮城）

（譯者注：「高木」與「高城」日文發音同為（takagi））

終於來到松島參加半程馬拉松
松島啊
松島松島
に
這次三人也是先到松島住一晚，昨晚大啖仙台名產牛舌，補充元氣…
哇哈哈
又厚又好吃…♥
全力以赴!!
而且巧的是離會場最近的車站就叫「takagimachi」!!
（高城町）
Takagimachi
要照了喔！
當然要照相留念
可是，這天風有點大…
呼
半程馬拉松
吵雜
選手報到處
人聲
隨著起跑時間的逼近，心情也越加緊張…
這比賽有2小時30分鐘的時間限制耶~
以前10公里差不多1個小時就跑完了，我想應該沒問題…
半程
抖
好冷喔…
單純計算的話
好擔心喔
主辦單位還貼心地準備了蚵仔湯給跑達終點的選手們享用
到松島一定得吃…
蚵仔!!
一人一碗
跑完就可以吃到蚵仔湯耶，好高興喔~
對了，得跑快一點，不然蚵仔湯可能都被分光了!!
我們跑快一點趕快去吃蚵仔湯吧!!
很喜歡吃蚵仔
三人想法單純…

第一次參加的半程馬拉松在忐忑心情中起跑了……
預備
砰!!
START
哇~
哇~
哇~
這次的路線是沿著海邊來回……
半程馬拉松路線圖
操場
起跑點&終點
折返點
松島灣
中途有幾處上下坡路段……
可是跟巨峰之丘的坡路相比，實在不算什麼……
這麼一想，腳步也就輕盈起來……
巨峰效應
上坡 下坡
前半段邊跑邊欣賞松島的美景，跑得也還算快……
哇~海耶~♡
好漂亮喔~
這時，道路另一邊出現了折返回來的一群遙遙領先的選手!!
衝衝衝
約7公里處
哎呀~已經往回跑了!!
好快喔!!
每次參加比賽都深感這種頂級選手們那歷經千錘百鍊的肌肉，真是力與美的結合……
能夠就近看到這景象，可說也就不虛此行了。
好酷喔…♥
呼
呼
著迷~
510
412
182

我也終於通過折返點…
這裡是折返點!!
折返點
半程2008
呼~
才跑完一半啊~
折返回來，結果嚇一跳!!
哇!!
呼呼…
11km
回程竟然吹著強勁的逆風!!
逆風和逐漸增強的日曬消耗了我不少體力，後半段也因而陷入苦戰…
喘…
喘…
好熱喔…
強風吹襲下，很快就口乾舌燥…
在這種幾乎要放棄的時刻，還是夾道的加油聲鼓勵了我…
加油~
已經到後半了~
GO
有始有終!!
怎麼辦…我還是跑不了21公里…
喘~
喘—
有人還特別朝向步履蹣跚的我喊加油…
嘿，美女!!
加油啊!! 加油!!
加油喔~
啪
啪
啪
奇怪的是，這種時候咧嘴一笑…
謝謝!!
感動…
嘿 加油喔!
啪
啪
身體不由得輕鬆了些許。

炎熱時，看到飲水處的海綿真是如獲至寶
請用
飲水
哦
拿起海綿在頭上用力一擠…
哇喔，我早就想嘗試一下了！
擠
潑
衣服和鞋子都弄濕了，情況有點慘…
啊
濕漉漉~
四看之下，才知道用海綿好像也有訣竅。
冷卻脖子後面…
冷卻腋下…
呼
呼
※鞋子如果弄濕了，很容易磨破腳，要小心。
……
邊跑邊獲取別人的經驗，腳程也進入最後階段，這時逐漸縮短的距離變成精神支柱…
啊…還有6公里…
15公里處
氣喘
吁吁
還有5公里
加油~
喘…
16km
喘…
還…還有4公里…
喘…
水
還有3公里…
喘…
18km
喘…
還有2公里…
喘…
踉踉
蹌蹌
只剩最後1公里
哇
哇喔~!!

總算跑達終點。
哇喔，終於跑完了~!!
啪
啪
跑好久喔
4126
哇~
跑完後，筋疲力盡到極點…
哎喲~腳好痛喔~
蚵仔湯分發處
熙熙
攘攘
好累喔
連很想吃的蚵仔湯都無法去拿…
像我這種人很多…
可是，後來見到順利抵達終點的紀子和加藤，也就使盡最後力氣去排隊拿蚵仔湯…
跑完突然覺得好冷喔~
啊
4129
4649
蚵仔湯
兌換券
抖…
飄著海岸氣息的蚵仔湯滋養了疲憊身體…
啊…好幸福喔…
體力也稍稍恢復了♡
之後來到仙台，又在牛舌店舉行慶功宴
牛舌
仙台名產
平常，我是比較喜歡吃魚的，可是…
再點3份牛舌、1份燙牛舌、3份牛尾湯、白飯大碗的1碗、2份生牛舌、還有3杯啤酒—
狼吞
虎嚥
猛吃
猛吃
跑完步還是肉類最美味!!
三人終於順利跑完第一次的半程馬拉松。
一般女子組118人中第46名
另外兩位的成績是…
2:07:51
2:19:59
成績證明書
高木直子
半程馬拉松
2:02:26

請問金教練！Q&A

Q. 應該如何練習跑半程馬拉松？

A. 這要視目標成績而定，如果目標只是跑完全程，只要慢慢延長慢跑的時間即可。初學者跑完半程馬拉松大約需2~3小時，所以只要能持續慢跑90分鐘，應該就可以順利跑完。

Q. 如果有時間限制，該如何來配速？

A. 先計算出限制時間內每5公里平均需要多久，以此為基準，前半段以較快的速度去跑，中程以後則維持基本速度，剩下不到5公里時，倘若體力尚有餘裕，不妨加快速度。

Q. 過了10公里後覺得路程特別長，該如何來轉換心情呢？

A. 邊跑邊聽音樂是一個不錯的辦法。此外，不要用距離單位來衡量，改用一些陸上標誌為基準，例如到下一座橋等等，反而容易度過關卡。

第一次參加半程馬拉松!!

Photo Gallery

たかぎまち
Takagimachi

我的鎮… takagimachi (亂說的啦)

早上沒什麼時間，連吃自助餐也很匆忙 ^^;

在仙台車站看到有許多石之森章太郎筆下漫畫主角的彩繪列車

啊~松島…

2008松島ハーフマラソン大会

這些吉祥物是由五十嵐幹夫所設計的

參加獎也是印有這吉祥物的T恤

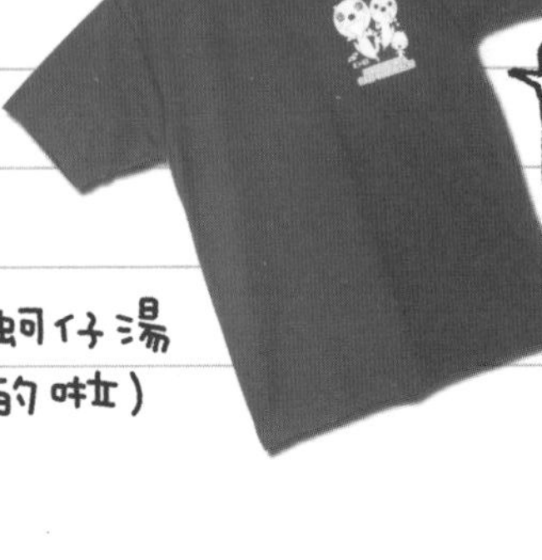

卡哇伊♡

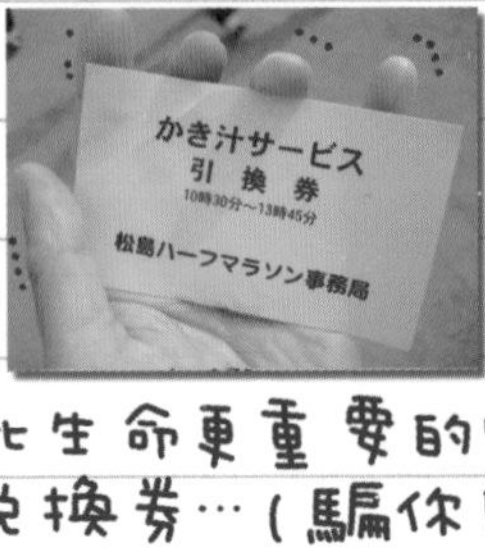

かき汁サービス
引換券
10時30分～13時45分
松島ハーフマラソン事務局

比生命更重要的蚵仔湯兌換券…(騙你的啦)

蚵仔沉在碗底

這種厚度真教人愛不釋口

牛尾湯

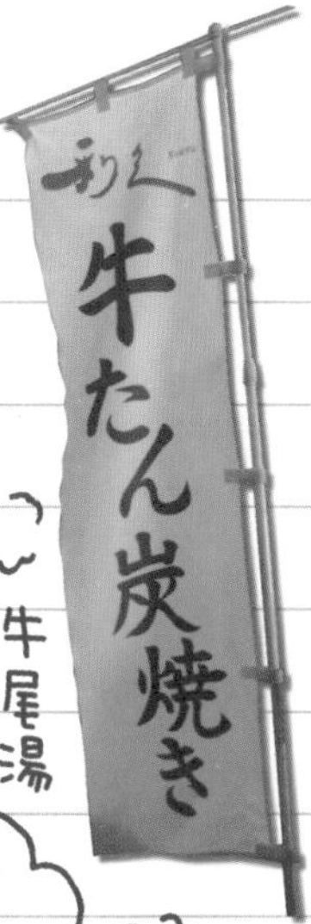

秋季牛舌祭開幕

生的牛舌片也很美味

在松島吃的……

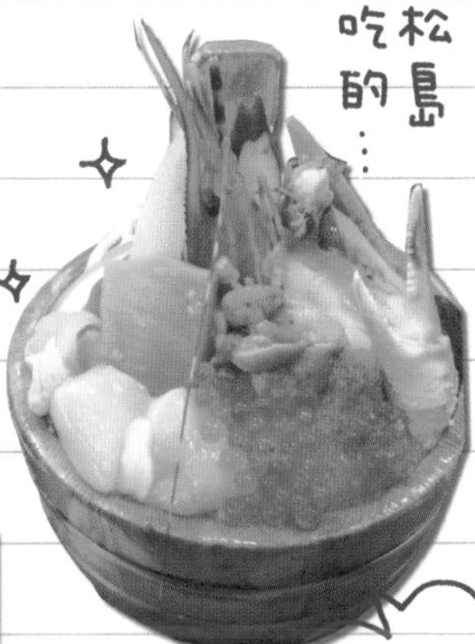

超豪華海鮮丼飯

名產毛豆餅

有時靜靜地喝杯抹茶也很幸福……

參加馬拉松路跑的選手中，男性要遠比女性多得多。
因此男洗手間前也經常大排長龍
大排長龍～
雖然女洗手間人也不少
有一回偶然目睹到的男洗手間景象……
上「小號」的人
請排這邊～
STAFF
上「大號」的人請排這邊～
合謝
作謝
這時真慶幸自己是女的……
有點不好意思

一群人熱鬧參賽，當日來回半程馬拉松（21公里/埼玉）

11月再度挑戰半程馬拉松
戸田馬拉松in彩湖
沒想到之前一起爬山的鈴木和企劃今尾也參加了這次5公里組……
這是我第一次參加馬拉松，好緊張喔～
熙熙
我也是～
慢慢跑，沒問題的啦～
攘攘
這次是當天來回。
希望起跑之前雨能停
5個人一起參加比賽，熱鬧無比。
可是，雨……
比賽前最好多補給點營養。
帳篷
哇～
謝謝～
來根香蕉吧
以前輩自居
我帶了自己烤的蛋糕，要不要吃一點？
柳橙蛋糕♥
也有飯糰喔
不愧是女生……
後來雨終於變小了，5公里組先開始起跑……
請參加5公里組的選手就起跑位置——
加油
哇～
第一次參加馬拉松的兩個人高高興興地由人群後頭起跑。
戸田馬拉松in彩湖
START
預備～
砰
哇～
回頭見
再見～囉
哈哈哈
最後面那兩個是妳們的朋友嗎？
30分鐘後，半程馬拉松也起跑了!!
預備～
砰
哇～

一位陌生的老先生問道

這回的路線是環繞公園內的湖跑兩圈…
半程馬拉松圖
繞跑兩圈之後結束
起跑點
彩湖
因為不經過住宅街區，
沿途的加油人群很少…
可是上下坡路段很少，
可以默默地往前跑，
就這點來說，是很好跑的路線!!
而且跟松島相比，
既沒風又涼爽，
成績應該可以
更好才是!!
我暗自期望能以低於2小時的成績跑達終點。
呼呼…
5801
選手們默默地往前跑時，
都在想什麼呢？
呼…
呼…
呼…
315
69
5801
8231
我有時學學
我認為姿勢漂亮的人跑步…
哪裡
不一樣？
？
這樣嗎？
挺
41
406
或欣賞人家身上的運動服…
呼…
呼…
酒
RUN
禁止超越
敬請超前
要順哪一邊呀？
各式各樣的人都有，很是有趣…

還有在腦子裡做做自己的實況轉播…
第二次挑戰半程馬拉松的高木情況如何呢？
播報員
高木個子雖然嬌小，但既能跑又能畫，是最近頗受矚目的選手。
解說員
想~
喘…
8km
5801
881
可是進入第二圈之後，速度有點慢了下來。
張著嘴，表情看起來有些痛苦~
13km
喘…
喘…
高木選手之前說希望能在這次比賽中以低於2小時的成績跑達終點…
在後半段不折不撓乃是她的特點，希望她能好好再接再厲。
補給站
有橘子喔
需要嗎~
呼…
呼…
5801
01
18km
現在，高木選手使盡全力跑達了終點!!
究竟成績如何呢？
戸田馬拉松
FINISH
哇~
5801
唉~成績是2小時44秒!!
太可惜了!!
可惜以些微之差未能打破2小時。
喘…
喘…
大失所望…
5801
其他的人也順利跑達終點…
完跑
386
8084
2:12:17
辛苦了~
辛苦了~
2:17:28

之後一行人來到附近的溫泉泡湯♡
天然戸田溫泉 彩香之湯
溫泉
天然
好好暖暖因雨水和汗水而發冷的身子…
然後在館內的餐廳舉杯慶功!!
大家辛苦了
人聲
吵雜
哇~
哇~
這次的慶功宴人數比以前多…
加藤妳好會吃喔~
好酷喔~
哈哈哈
第一次跑馬拉松，感想如何啊？
啊~
好好玩喔!!
炸雞塊4份、3份燉雜煮、3份炸薯條、1份咖哩豬排飯、15支烤雞肉串、2份什錦炸物、
嗶嗶
感覺就像參加完社團活動，真是愉快…
還有啤酒4杯~♡
MENU
第二次的半程馬拉松就這樣結束了!!
下一次再一起跑馬拉松吧~
車站
預定參加的國內比賽全都結束了…
呵呵呵…
這話聽起來有點酷~♡
終於來臨了~♡
嚥…
一步步逼近了…
沒錯…終於剩下最後一場!!
那就是檀香山全程馬拉松~!!
哇~

跑步日誌

原本希望第一次參加的兩位朋友能愉快參賽…
可惜碰到下雨…
比賽前，我還在皇居邊跑邊指導鈴木該如何跑步
鈴木的先生也一起
像這樣帶動肩胛骨用力的話，跑起來就會像長了翅膀一樣喔～
哈哈哈
自己也不會還教人家!!
希望妳們其中能有一個繼續跑馬拉松…
努力跑完一圈之後，來到鈴木推薦的裝潢雅致的居酒屋餐敘。
哇哈哈，這家店～
真不錯耶♡
泥鰍
鮪魚
蛤蜊肉
炸蚵仔
湊齊4個人就可以參加馬拉松接力賽
嘿～嘿～加油!!
馬拉松接力賽通常是4人1組。
…不知為何，後來竟然還去卡拉OK大唱卡通影片的主題曲等
喝醉了
吼
吼
太陽戰隊、超新星閃光人、逆轉王、忍者哈特利等等…
鈴木也喜歡這一類的歌
鈴木的先生似乎有點受不了…
啊，不過，他也唱了筋肉人裡面的歌。
參加獎的獎品也很不錯
鞋袋
TODA
&
頸套&
(像圍巾的東西)
TODA MARATHON

即將啟程赴檀香山，金教練再度登場

不料出了公園，跑一段路就體力不支了…
古董傢俱
鮮花店蘭蘭
不…不行了…
筋疲
力盡
與其說是腳累得動不了…
其實是肚子餓得跑不動!!
咕～
口袋裡有一點錢，加上眼前就有一家包子店…
手工中華包子
肉包
壽桃
豆沙包
2個
啊嗚…啊…
我…我要買一個肉包和一個豆沙包…
啊嗚…
好…好的
啊…
總算得救了。
狼吞
虎嚥
好好吃喔～
中華包子
之後稍作休息，恢復了些體力…
又開始慢慢地跑…
嘎嘎
呼～
最後，終於回到家。
扣掉吃點心休息的時間，總共跑了大約3個小時，距離大約是26公里耶!!
哇～
新紀錄
筋疲
力盡

可是，我發現了一件事…
……
人家說跑一次全程馬拉松可以消耗2500～3000卡路里…
因體重和所需時間不同。
中途如果不吃點東西就會體力不支!!
咕～
有這樣的事!!
有些比賽在賽程中會提供食物，可是…
請用～
麵包
飯糰
水果
有時也會有義工發補給品
檀香山馬拉松比賽基本上好像只提供飲料…
聽說有很多選手會自己帶補給品…
帶著香蕉跑步
877
據説也有這樣的人…
為了找尋那種補給品，我和紀子來到運動用品店。
ART SPORTS
種類好多喔…這個叫做power jel耶～
鹽飴、蜂蜜糖好像也不錯耶～
營養棒
穀物棒
檸檬酸
氨基酸
葡萄糖
蜂蜜糖
鹽飴
有好多種口味耶～
鹽飴
Power jel
檸檬口味
青蘋果口味
香蕉口味
梅子
就這樣買了幾樣看似不錯的補給品…
接著來到跑鞋區
跑鞋

最近我的跑鞋已經有點破舊，長時間跑下來腳趾甲也會痛…
趾甲會痛的話，那就應該穿再大一點的鞋子比較好。
特別是跑全程馬拉松，跑著跑著腳會浮腫，鞋子就更緊了～
我毅然地買了一雙新鞋!!
紀子也是
鏘～
平常穿23～23.5cm鞋的我買的是24.5
我們並且在皇居再度接受金教練的指導。
請多多指教!!
今天跑兩圈吧!
(這次是晚上練跑)
加藤剛剛意外傷了肋骨，所以沒參加。
好痛喔…
肋骨的軟骨…
我們一邊繞著皇居跑，一邊提問題…
我總是不會跑上坡路…
怎麼辦好呢
經常有人碰到上坡就彎腰盯著地面跑…
其實跑上坡路段時也應該把腰挺直!!身體稍微往前傾，利用地面的力量一步步往前跑就可以了。
眼睛正視前方!!
縮小步伐…
手臂在下方大幅擺動也有助於加快速度。
嘿
嘿
嘿

掌握這幾項要點實際一跑⋯
啊~真的耶，好跑些了♡
跑起來比平常輕鬆一點了。
哈哈哈對吧
還有跑久了，就覺得肚子這邊使不上力，姿勢也變差了⋯
軟綿綿
我可以瞭解
看妳跑步會覺得妳肚子那地方軟軟的，左右震動好像沒有固定。
哈哈哈
那是因為妳缺乏腹肌的緣故。
什麼?!
妳摸一下我跑步時的腹肌看看。
哇好硬喔!!
跑的時候是真的會用到這麼多腹肌。
人聲吵雜
打擊
⋯⋯
⋯⋯
軟~
軟~
像麻糬一樣軟綿綿的⋯
我們先停下來做一下仰臥起坐吧！
長椅

做一會兒仰臥起坐…
來，一二三四
嗚～
最不會做這種
然後再開始跑…
噫，肚子這邊好像使得上力了耶!!
妳知道用腹肌跑步的感覺了吧？
不會震動!!
對吧～
高木妳如果多鍛鍊腹肌，一定可以跑得更快。
想到剛開始練跑時，看到書上寫鍛鍊肌肉有助於跑馬拉松，可是…
打擊
我討厭做仰臥起坐，那就先做做半蹲運動吧
一二三四
儘管沒認真做…
但卻也避免了膝蓋痛的下場…
我有點後悔如果之前再努力一點，現在一定跑得更好…
這一天的訓練課程也在此結束了！
兩位辛苦了!!
謝謝金教練!!
那麼，檀香山見囉!!
好的!!
金教練每年都會參加檀香山全程馬拉松，我們於是約好在當地見面。

檀香山全程馬拉松
已經逼近了…
嗚～
現在才在努力
做仰臥起坐…
做最後的跑步練習…
嘿咻
嘿咻
對了，由於上一次的肉包、豆沙包
實在太好吃了…
之後，我也開發出
當中途口渴或肚子餓時可以停下來
飲食的「買零食吃路線」
創業明治元年
日式點心 蘭蘭
呼～
好好吃喔♥
茶
櫻餅
那個可以裝
寶特瓶的腰包，
因為瓶裡的水會
嘩啦嘩啦響
實在惹人厭，
也就很少用了。
水
嘩啦
嘩啦
接著匆匆忙忙地準備行李…
嗯～
運動衣、運動鞋、
報名卡、帽子、
襪子還有OK繃…
補給品、
腰包、iPod、
常備藥品、
日本的食品…
旅遊手冊～
相機～
游泳衣、
防曬油、
換洗的衣服、
毛巾、涼鞋…
行李很多!!
終於出發前往
決戰之地——檀香山。
Let's go!!
HAWAII

Q. 想要跑步的那天偏偏下雨。是否應該避免在下雨天練跑？

A. 除非天氣很冷，下雨天跑步也無妨。戴防水的帽子，穿雨天用的運動衣就行了。

Q. 練習時沒跑過全程馬拉松那麼長的距離，也可以上場比賽嗎？

A. 不用擔心，大部分的初學者在練習階段都不會跑全程那麼長的距離。跑30公里的人也很少，大部分都只跑20公里。如果有持續練習，就已經具備了基本體能，儘管是第一次上場也放心去跑吧。

Q. 練跑時肚子餓了，可以買東西來吃嗎？

A. 做長時間的LSD，難免肚子餓。如果有帶錢，繞到便利商店買個東西吃也無妨。

請問金教練！Q&A

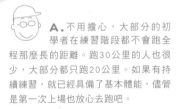

跟父母說我要參加全程馬拉松⋯
什麼?!
直子妳要去跑馬拉松?!
沒想到妳會對馬拉松有興趣~
妳以前在班上都是跑最後一名耶~
嘿⋯我跑得再怎麼慢也沒到最後一名的地步吧?
生氣
還有人比我更慢呢!!
啊
妳以前在班上都是跑倒數第二、三名耶~
竟然⋯⋯
火大~

FINAL

挑戰 42.195公里

來到嚮往已久的夏威夷

終於來到了嚮往已久的夏威夷!!
啊囉哈～
哇～椰子樹耶～果真是南國耶～♡
喔～這是朱槿耶!! 啊，那隻鳥長得好特別喔～
喀嚓
喀嚓
哈哈哈
第一次來到夏威夷的我興奮不已，相對地已經來過幾次的另外兩人則是老神在在，怡然自得。
啊～好懷念的風景…
夏威夷就是這味道耶～
哼
第4～5次
這回除了參加馬拉松也想好好地觀光，因此安排了一個9天7夜的較長行程。
第1天 抵達
2 準備比賽
3 馬拉松
4 休養生息 zzz
5 觀光
6 觀光
7 觀光
8 啓程回國
9 返抵國門
前半是馬拉松，後半是觀光♡
先到飯店辦理入住手續。
The Breakers Hotel
我們選的飯店位於當地條件優越的威基基海灘，卻又高貴不貴讓人有賓至如歸之感。
陽台很棒喔～
鍋子餐具等也都一應俱全耶～
也有叉子、湯匙～
而且還附廚房。
之後連忙去吃有夏威夷風味的套餐…
附近的餐廳
好難吃喔…
嗚，這夏威夷式米飯漢堡…
點這個真是失算了

然後去辦理報到手續。
HAWAII CONVENTION CENTER
進到會場一看，裡面已經是…
KAMEHAMEHA
HONOLULU MARATHON
NIKE
脫口秀 尤克里里琴演奏會
SUBARU
SUN GLASSES $20
docomo 手機出租
H.I.S.
SATO HAP
熙攘
鼎沸
人聲
熱鬧滾滾!!
有很多日本人!!
哇~
會場上還出售各種檀香山馬拉松限定商品，我也買了幾個做紀念…
Cashier
2008 HONOLULU MARATHON
人聲吵雜
Original taoru
不錯啊~
我穿這個參加比賽好了…
HONOLULU MARATHON
領取號碼布等，報到手續也就完成了。
19000～19999
20000～20999
人聲吵雜
這樣就放心了
JAL 55705 HONOLULU MARATHON
2008 HONOLULU MARATH
不料…
嘔~
我突然感到胃不舒服…
要不要喝水？
嗯…
回到飯店後一時臥床不起
看來是中午的米飯漢堡不合胃口。
身體很快就恢復了，但還是很慶幸事情不是發生在比賽前一天…
另外兩個人都沒事
這個人趁我睡覺時還去吃了拉麵&餃子。
DELICATE

第2天
去勘查馬拉松路跑路線
ABC
一般這種路線勘查
都會包在旅行團優惠活動中
常見的旅行團優惠活動
代辦報名
行前講習會
當地講習會
路線勘查
起跑點&終點接送服務
終點處設有專用帳篷
比賽當天早上的飯盒
代領完跑證書
完跑慶祝會
等等…
這次我們沒參加團，
所以也就無法享有這些優惠，
可是…
特別情商金教練
讓我們參加他帶領的路線勘查團。
妳們好
knt!
因此又在夏威夷與金教練相見了。
不好意思，麻煩您了!!
路線勘查
是搭巴士繞行
實際路跑路線…
轆轆
knt!
近畿日本TOURIST
旅行社 Will TOUR
金教練適時適地
做說明並給大家建議。
這裡就是
明天的起跑點。
Ala Moana
公園
起跑時間
是早上5點，
這等於是在
一片漆黑中起跑。
…
接著會來到市中心，
這一帶聖誕節
燈飾很漂亮，
跑起來也很愉快。
還有那邊
那一家酒館
每年不知為何
都會有喝醉酒的
人們出來加油。
哈哈哈

對了，我想請問有幾位是第一次參加全程馬拉松？
我~
我~
我~
沒想到有這麼多!!
似乎有很多人嚮往檀香山全程馬拉松…
我一點也沒練習就來參加比賽了~♡
聽說其中也有這樣的人。
請勿仿效!!
檀香山馬拉松沒有時間限制，所以只要不中途棄權就一定可以完跑。
完跑率高達90%!!
全程用走的也只要8個小時左右，去年最後一個抵達終點的人則是花了14個多小時。
14個小時?!
真的?!
哇~
可是，同樣時間抵達終點的人還可大致分為兩類，一類是始終維持自己的速度默默跑完全程…另一類則是一開始衝太快，到了後半速度就減緩下來，最後好不容易才跑達終點…
希望各位跑的時候能像前者一樣。
你們也不希望難得來到夏威夷，結果參加完馬拉松第2天就肌肉痠痛得無法動彈吧？
哈哈哈
第2天真的有很多人全身痠痛整個人變得像殭屍一樣。
我的腳…彎不起來…
Finisher
可是身上穿的是完跑T恤!!
爆笑
哇哈哈
哇哈哈
跑過鑽石頭，這一帶就是15公里處…這之前一點都不需要慌張，就算被許多人超前也無妨。
甚至用走的到這裡都沒關係。

轟轟
全程馬拉松一般是在過了30公里時，突然覺得累。
這30公里被稱為大關
因此可以把30公里處視為是中間點。
過了35公里來到這一帶，老實說已經有絕大部分的人都累得用走的了。
如果有預留體力在這裡就可以大大超前。
……
希望各位不要高估自己的體力，並保持一定速度，最後來個痛快的最後衝刺。
哈哈哈
聽了這些獲益匪淺的建言之後…
FINISH
JAL
來
大家在終點下車做點伸展運動
HONOLULU MARATHON
FINISH
不知道我明天…
能不能順利跑達終點…？
Potato Salad
接下來是脖子的運動～

路線勘查結束之後，我們來到了超市。
Don Quijote
唐吉訶德
哇～夏威夷也有唐吉訶德*耶～
比賽前一晚，考慮身體情況決定自己煮平日吃慣的日本菜，於是前來採購，沒想到這裡的日本食品比我想像的來得齊全!!
加上昨天吃壞了肚子…
有納豆、豆腐還有醬菜…什麼都有耶。
豆腐
納豆
SALE
おかずや
還有各式各樣的家常菜耶!!
有煮物也有拌青菜耶
連店名都是寫日文
即食味噌湯種類也很多…
我還從日本帶來呢…
MISO SOUP
味噌湯
一看周圍，一群看來也是跑友的人買的東西都和我們差不多…
好多人在排隊結帳耶～
大家都買了香蕉!!
BEER
MISO
MILK
Sports Drink
water
蛋糕
飯盒
大排長龍～
走到外面一看，有很多人正在跑步為明天熱身…
充滿一片賽前氣氛。
噠
噠
回到飯店後，開始煮飯…
用鍋子煮飯的時候，水應該放多少啊？
要來點啤酒吧？
火候呢？
這個嘛…
米是從日本帶來的。
蘿蔔絲乾
炒藕片
中式炒青菜
羊棲菜
煮竹筍
納豆
烤鮭魚
這些菜是從超市的家常菜區買回來的
好了～
BEER
白飯
味噌湯

*日本最大型的連鎖便利商店

哇，好好吃喔!!
特大吃
飯煮得軟硬剛好耶。
這種時候還是得吃日本菜~
好像在家裡一樣
吃過無慮的晚餐之後…
早早就寢…
為了明天凌晨的起跑，我們一點半就得起床!!
可是，我天生遇到這種時候就緊張得難以入眠，加上…
呼~
嘩啦~
砰
砰
好…好像颱風…
外面似乎風雨很大
明天如果雨還是沒停，那馬拉松怎麼辦…
吼~
嘩啦~
砰
砰
是不是得在風雨中跑了…
撲通
撲通
別想那些了，趕快睡覺比較重要!!
嘩啦~
呼~
趕快睡覺~趕快睡覺~
嘟囔…
窣窣
窸窸
窸窸
窣窣
嗯~
起床時間到了!!
慘…慘了，我幾乎沒睡…
似乎睡得很好
我也是…
鈴鈴鈴…
終於到了比賽當天!!

撲通 終於要去夏威夷了!! 撲通

瞎高興的人
常會照的
航空餐點照片

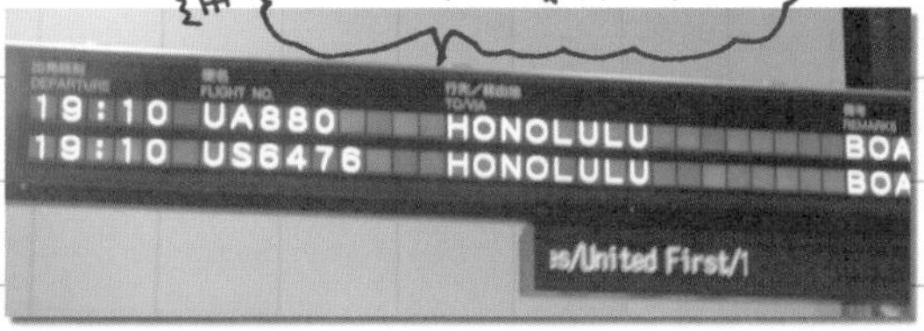

嘿嘿嘿……

再見!!♡

Photo Gallery

檀香山的飯店

房間清雅
還附有廚房

規模不大
可是讓人♡
賓至如歸

喵囉哈~

在櫃檯的貓

在報到會場上有各種
攤位賣各式各樣的東西

人聲吵雜

在常年如夏的夏威夷
也會慶祝聖誕節☆

Photo Gallery

也有賣
日本啤酒喔!!

四處可見的
ABC STORE
(類似便利商店)

買了檀香山馬拉松紀念品

這種短褲
我敢穿嗎…?

比賽時
全力以赴!!

到處都有人
在練跑。

有各種家常菜

店名就叫「家常菜」（おかずや）

在唐吉訶德採購各種東西

啤酒整箱買

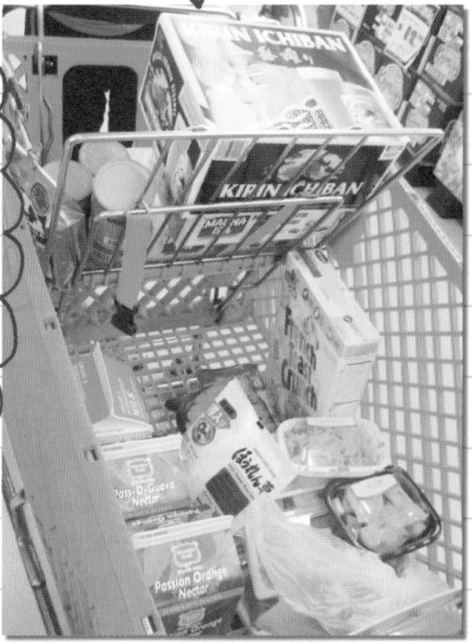

吃夏威夷飯糰當早餐…

從日本帶來的納豆湯

ABC STORE賣的夏威夷飯糰（Spam musubi）

墨西哥餐廳給我們的用氣球做的帽子。

餐桌上看來一點都不像身在夏威夷…

鏘將～!! 從日本帶來的東西。

飛機降落機場時的廣播
各位參加檀香山馬拉松的旅客請好好加油喔
哇
哇
乘客中滿是跑友
Arrival
噫…
沒有這種人嗎？
沒有啦
抵達檀香山機場
阿哈囉
夏威夷!!
夏威夷!!
身體圓滾滾的，可是腳卻很修長的夏威夷歐吉桑
這種人很多 →
修長~
去到墨西哥餐廳…
Señor Frog's
哇~
突然就被戴上奇怪的氣球帽
Yeah~
Yeah~
開始了奇怪的火車遊戲，紀子被帶往廚房…
紀子
啊~
嗶嗶
嗶嗶
蹦恰
蹦恰
其他客人
咕嚕…
紀子~
店裡的人幫我們照的紀念照…
Yeah~!!
全都是些不認識的人…

LEY $3
生氣
第一次來夏威夷都會想買那種東西。
哈哈哈
夏威夷豆好好吃喔~♡
咕咕咕
鳥會靠過來
加藤一到晚上就不知道跑去哪裡。
我出去一下~♫
生氣勃勃
那我們先睡囉！
帶隊勘查路線時，在終點被跑友們包圍的金教練
FINISH
哇~是金哲彥先生耶!?
我是您的讀者。
可以跟您照張相嗎~
運氣真好！
哇~
呀~
啊
啊，金教練耶
是名人耶…
金教練真受歡迎…
比賽前一天晚上…
啊~明天的這時候不知結果如何？
該不會還在跑吧？
唉喲~
撲通
撲通
撲通
就這樣根本睡不著…
三人的英語會話能力…
有留學經驗
十分流利
努力上過英語會話班
日常生活會話OK
國中一年級的程度
搞不好還不到…
嗯~
啊…

比賽終於來臨，全程馬拉松開跑！

比賽當天　凌晨兩點——
嘩啦～
聽說賽前最好是吃容易消化的碳水化合物，於是我們先用昨晚的剩飯剩菜等填飽肚子。
嚼
嚼
嚼
茶泡飯
香鬆
不容易消化的肉類及富含纖維質的薯類等都是NG
也吃了被列為最佳熱量來源的蛋糕、大福麻糬、香蕉當飯後甜點…
嚼 嚼
昨天在超市買的
紀子從日本帶來的
吃太多了？
然後開始整裝…
身上細心搽上防曬油和凡士林。
JAL 55073
JAL 50980
搽
搽
搽
凡士林
在容易摩擦的部位擦上凡士林，可以有效預防因衣服、鞋子、皮膚互相摩擦所引起的擦傷。
也有潑水、防水、禦寒的效果。
日本藥典
白色凡士林
50g
藥局就有賣
最後把賽程中的必需品裝進腰包裡，一切就準備妥當了。
嗯～Power jel、鹽飴、話梅、蜂蜜糖、OK繃、面紙，再帶一點錢備用…
相機還是帶好了…
怎麼辦？好重喔～
鼓鼓的
什麼東西都想帶就變得很重。

後來雨終於變小了，步出飯店發現大馬路上同樣朝著起跑點前行的跑友們形成一幅異樣景象⋯⋯
絡繹
不絕
不絕
哇
四周充滿一片賽前氣氛，心情也隨之緊張起來。
絡繹不絕
哎呀呀
撲通
撲通
而第一次參加全程馬拉松的我私下目標是打破5小時⋯⋯
希望可以⋯⋯sub 5⋯⋯
Sub 5是低於5小時跑完全程之意。
撲通
撲通
走了30分鐘抵達起跑點一看，眼前是一片人山人海!!
人聲鼎沸
密密麻麻!!
哇～
我們在此又以香蕉果腹，再度補充熱量，然後⋯⋯
人聲吵雜
吱～
營養滿檔♥
想在起跑前先上個洗手間，不料⋯⋯
流動洗手間
大排長龍～～
哇～
洗手間前是大排長龍!!

排在最後聽不見起跑訊號

不料…
熙熙
攘攘
噫?
靜—
根本很難前進。
這次比賽總共有超過2萬人參加…
START
慢~
慢~
連要通過起跑門都很費時
終…終於看到像是起跑門的東西了…
約20分鐘後，終於穿過起跑門…
START
ya
哇~
那，終點見囉!!
good luck!
42.195公里的長旅就從這裡開始!!
對了…路還很長…
慢慢來，不急…
依自己的步調去跑，不要受周圍影響!!
跑著跑著來到有美麗聖誕燈飾的大街…
哇
Oh~
哇喔~
4公里處
機會難得，照張相留念。
還好帶了相機~
手晃得很厲害…

可是，之後又淅瀝瀝地下起雨來…
哎呀呀，相機會弄濕!!
我早預料到可能發生這種事，所以帶了密封袋。
跑在威基基的主要道路時，雨勢越下越大…
哎喲～
嘩啦～
雨衣
雨披
8公里處
由於下雨，口也不怎麼渴，可是經過飲水處時還是盡量補充點水分…
咕嚕
有水和運動飲料
進入鑽石頭沿線的上坡路段
嘩啦～
哇
噠噠噠…
路旁雨水成流
9.5公里處
在我引以為苦的上坡路段，一邊回想之前金教練所說的…
身體不要往前彎…
手在下方擺動…
嗖
嗖
過了鑽石頭時，雨終於停了，天也放晴了。
鑽石頭
吸
呼
Power jel
15公里處

這時，再度放眼四周，發現有各種裝扮的選手，真是有趣。
哇，皮卡丘耶!!
女僕…
聖誕老人…
節慶裝扮的比較多
只穿一條丁字褲的…
哆啦A夢
也有黑武士
沿路還有樂團現場熱情演奏，頗有南國風情…
鏘
鏘
鏘
咻
接著進入長達約7公里的高速公路…
在高速公路對面車道上，已經出現折返回來的選手身影…
這邊是18公里處
好…好快喔…
呼—
呼
呼
這邊是34公里處
噠
噠
U801
高速公路距離又長景色又單調，沿途加油群眾也少，跑起來有點乏味…
但還是不以為意繼續默默往前跑。
吃個糖果吧~
呼~
咻~
JAL 55705

高速公路中途會經過一處顯示約全程一半距離的路標
13英里
(1英里＝約1.6公里)
＝
約21公里
13
JAL
喔
距離基本上是以英里標示
(每5公里也有公里路標)
一路專心跑來，感覺轉眼間就到了這裡…
已經跑一半了!!
也不覺得很累，彷彿可以繼續跑很遠。
哇～
JAL
55705
可是，一看時間…
通過起跑門以後，已經過了大約2個半小時…
這麼推算起來，要以低於5小時的成績跑完全程，實在有些困難…
於是便稍微加快速度。
嘿～
57O5
此時的我早已把昨天聽到的建言忘得一乾二淨。
請在經過30公里處時，
才認為自己已經跑完一半賽程了。
穿過高速公路之後，來到了高級住宅區Hawaii Kai
每戶都有一艘船
哇喔～
25公里處
居民也悠閒地為我們加油。
GO!!
GO!!
有小朋友在發水果…
還有啦啦隊

但當跑超過實際練習距離時，還是有點累了。
正在更新人生最長跑步紀錄…
呼…
嘿嘿嘿…
27公里處
靠到路肩做點輕微的伸展運動，這才發現…
好痛喔…
呼～
許多人在這一帶做伸展運動
雙腿已經開始發痠了…
但還是繼續加油往前跑。
香蕉口味
吸
吸Powerjel紓解心情第2包
其實我從剛才就很想去洗手間，可是…
中途設置的流動洗手間到處都是大排長龍…
瞧…
嗯～太浪費時間了…
再忍耐一下…
接著，又進入漫長的高速公路返程。
還有很多人在跑去程
從這一帶起豔陽高照，氣溫也急遽上升…
曬
左半身好熱…

終於突破30公里!!
30k
JAL
這是公里標示
呼…
呼…
為避免脫水，每經過飲水處必定一邊補給水分一邊往前跑。
fight~!
ALOHA!
呼…
太好了，有海綿~♡
30公里了…之後就是完全未知的世界了…
高速公路雖然景色單調，但有時還是可以看見美麗的海洋…
hey samurai~!!
哇喔~好想游泳喔…
與跑友聊聊天…
原來妳是第一次參加全程馬拉松啊~
是的~
漫長的高速公路終於要結束了，這時…
呼…
呼…
啊可
35公里處
我發現洗手間前沒什麼人排隊，內急問題也終於得以解決…
哇~
真是一處好地方~♡

出了高速公路，沿途的加油群眾也多起來了，氣氛變得熱鬧有趣，但是…
換成別的樂團
Yeah
Wao~
咻~
GO!!
You are Heroes!
呼…
呼…
這時疲勞已經達到極點…
呼…呼…
終於無法再往前跑。
踉蹌…
36公里處
自從春天開始練跑以後…
氣喘
吁吁
像今天這樣明確在賽程中用走的還是頭一回…
呼…
抬頭一看…
眼前絕大部分的選手都是用走的。
fight~!!
Go!!
呼…
呼…
呼…

對了，昨天金教練說過…
過了35公里絕大部分的人都已經用走的，所以如果有預留體力在這裡就可以大大超前!!
超越一、兩百人都不是問題!!
回想～
可惜我的體力已經完全用盡了…
而且…
腳也走不動了。
……
來補充點能源好了…
喘…
窸窣
窸窣
窸窣
不過也不想吃Power jel或糖果那種味道很重的東西…
這時，幸好身上有帶這個!!
話梅
裝在小袋子裡帶著
適度的酸味與鹽分滋潤了疲憊的身體…
嗯～
再來一個…
體力也恢復了些許…
梅子真是神奇…
又開始邁開腳步緩緩往前跑。
呼…
慢～
慢～

這種疲累的時候，惦記的還是…
還要跑幾公里才到終點呢…？
這件事
喘…
昨天金教練
如果想還要跑幾公里才到終點，就會很累…
換個角度想已經跑○○公里了，心情反而輕鬆。
哈哈哈
這就是心理效應。
不也說過…
但仍不免去算還剩幾公里。
嗯～現在是23英里，1英里大約是1.6公里…所以23乘以1.6，再用42.195公里去減，等於…
喘…
喘…
23
JAL
不過沒關係♡
噫？
2、1得2…
2、得3…
這種疲憊不堪的狀態下根本無法心算。
什麼沒關係…
彷彿要考驗疲憊的身體一般，最後又是一段漫長的緩坡!!
鑽石頭→
天啊～
到了這一帶，包括自己在內大家全都卯足了勁!!
呼…
呼…
男女老幼各種人種…
衝衝衝…

上坡路固然艱辛，
但在美麗海景激勵下奮力往上跑…
呼…
喘…
喘…
終於來到40公里處!!
HONOLULU MARATHON
40K
JAL
哇喔
看一下時間…
從起跑點到這裡大約跑了4小時50分…
如果不能在10分鐘內跑完剩下的2公里，
那就無法在5小時內完跑。
這…這對體力充沛時的我而言都是一項嚴酷的挑戰，何況…
看來是無法在5小時內跑完了…
沮喪…
55705
可是…我從春天開始不斷努力，為的不就是今天嗎？
就算達不到目標也要盡力跑完，才不會後悔呀…
喘…
喘…
於是我也就卯足餘力做最後衝刺!!
衝啊!!
就像屁股燒火一樣!!
JAL 55705

加上剛好進入下坡路段……
所以速度也越來越快
哼
哼
衝衝衝…
沒想到我還能跑這麼快…
連自己都大感意外
呼…
呼…
來到設有終點的卡皮歐拉尼女王公園（Kapiolani Park）前時…
哇啊啊
哇~
哇~
在夾道的加油歡呼聲簇擁下……
拚命往前衝，連這段記憶都模糊不清…
哇~
哇~
GO!!
You are Heroes!
喘…
喘…
但當昨天看到的那座終點門映入眼簾時…
FINISH
HONOLULU MARATHON
JAL
哇~
哇~

我終於跑達終點了!!
哇~
哇~
FINISH
啊啊…跑完…
哇~
呼呼…
氣喘
跑完了…
我一直以為當自己跑達終點時…
一定會高興得痛哭流涕…
哇喔~跑完了~
但事實並非如此…
跑完了…
真的跑完了…
哇~
哇~
踉踉
蹌蹌
心情似乎更澹然
抵達終點後去沖水散熱…
呼~
接受佩戴貝殼項鍊…
congratulations
thank you
領取完跑T恤
X-SMALL
thank you
HONO LULU

觀看一會其他選手跑達終點的情景。
哇~
還領到蘋果和餅乾。
至於成績，抵達終點時看記時鐘上是5小時21分…
FINISH
5:21:26
喘…
喘…
可是這是從最先通過起跑線的選手起算的成績。
705
各自的成績是由自己通過起跑線時開始計算…
START
起跑線和終點線上都有感應器
嗶
705
每個人的鞋上都裝有感應晶片
因此，通過起跑門前所費的時間會從其中扣除…
正式成績要等到明天領到完跑證書才知道。
我記得到起跑點花了20多分鐘…
還是沒打破5小時嗎…
嗯…
這時候見到同樣順利跑達終點的紀子
小…小高…
啊，紀子!!
踉蹌…
我們互為對方能完跑感到高興。
哇，跑好久喔~
跑完了耶~
太好了~
哈哈哈
呵
呵

但等了一會，也不見加藤人影…
該不會已經回飯店了吧？
嗯～
跑完以後，如果找不到彼此，就回飯店!!
…我們如此約好
兩人決定返回飯店，不料…
哎喲～好痛喔～
哎喲哎喲…
顫動 顫動
劇痛自此襲遍全身!!
花30分鐘慢慢走平常步行只需15分鐘的距離…
哇～
哎喲～我的腳～
噗哧
路過的人對我們說…
congra tulations!
thank you
這時才終於感從中來。
回到了飯店…
加藤果然還沒回來～
我們先沖個澡，然後喝啤酒…
真美味…
KONA BEER
在陽台
接著就昏睡…
呼～
呼～

在熟睡的當兒…
咚
咚
嚇
噫!?
加藤回來了，膝蓋上還裹著冰袋!!
我回來了…
哈哈哈
啊，加藤!!
加藤出發前受傷的肋骨還沒痊癒…
好痛…
結果跑著跑著連膝蓋都痛起來…
在醫護站接受冰敷…
好不容易用走的抵達終點，可是已經走不回飯店了，所以就搭公車，沒想到又在半路睡著了…
到了終點，請他們幫我叫計程車，才終於回到飯店…
哎呀~
真是吃足苦頭…
我心想…如果是參加旅行團，終點附近會設有專用帳篷，有專人接待…
○○旅行團專用
辛苦了~
我們為各位準備了餐點~
STAFF
就這點來看，還是參加團比較放心…
晚上就在附近的餐廳舉行慶功宴。
哈哈哈
哈哈哈

加藤的一位朋友也一起過來，她每年都會和父母一起參加檀香山馬拉松…
我今年第一次打破5小時，成績是4小時45分。
哇～
哇，好厲害喔!!
可是，跑完以後脫掉鞋子一看，趾甲掉了3片…
痛死我了～
哇～
哎呀～
欣喜下買的花飾
聽著人家的經驗談…
而紀子…
參加檀香山馬拉松一直是我的夢想，所以我從起跑以後就興奮不已～
呵呵呵
到了後半還是心情不減，覺得跑完好可惜，還很想繼續往下跑呢♡
這是不是就是所謂跑步者的愉悅感啊？
總之真的是非常非常有趣。
我到後半就體力不支，不過吃了話梅就又有點元氣…
我一直含著話梅跑
我也帶了話梅呢
我帶的是鹽味仙貝
啊，對了，妳們有沒有看到中途有人在發凡士林？
我把那個拿來吃了…
什麼?!

中途的確是有發凡士林供擦傷選手之用的補給站…
不可食用
DO NOT EAT
需要嗎？
放在刮刀上
可是，那不是明明寫著不可食用嗎？
還有日文用
我以為那是美式笑話…
哈哈…
我以為是奶油，一舔，難吃得不得了…
噁
不由得一陣噁心…
體力也因此消耗不少…
哇哈哈，沒有人像妳這樣的啦～
大家都有自己難忘的回憶…
美式笑話!!
哈哈哈哈
哇～
我想今天對參加這場馬拉松的每個人而言…
都是一個特別的日子…
Ahaha
哇哈哈
啊哈哈
Yeah!
ZZZ…
BAR
漫長的一天也…
慢慢地接近尾聲。
FINISHER
HONOLULU MAR
2008

HONOLULU MARATHON COURSE MAP
約7公里長的高速公路…來回都會經過這裡。
Kalanianaole Hwy.
約20公里
約30公里
Hawaii Kai
高級別墅區不妨邊欣賞邊跑
過了35公里處…是最辛苦的路段，很多人都用走的。
勤於補充水分，快樂向前跑♥
55705

聖誕節
燈飾
非常漂亮
Down town
Ala Moana
飯店商店等
林立的
熱鬧大街
Wai kiki
START
在還是一片漆黑的
清晨5點與高空煙火
一起出發起跑!!
這回的
住宿飯店
約10公里
Diamond Head
約40公里
GOAL!!
辛苦了～!!
別忘了領取
完跑T恤

Q. 比賽應於何時報名？旅行團又該在何時預約？

A. 一些受歡迎的比賽很快就額滿，所以建議盡可能提早報名及預約。例如參加12月檀香山馬拉松的旅行團從8月左右就開始接受報名，因此最好能在8月中辦好各項手續。

Q. 是不是應該在當地（檀香山）練練跑比較好？

A. 就消除搭乘飛機所產生的疲勞及時差，以及維持身體狀況及體能而言，練跑都是有其絕對必要的。

Q. 比賽當天如果下雨，該如何因應？

A. 在檀香山就算下雨也還是很暖和，所以為避免起跑前身體受涼只需有可以罩住頭部的塑膠袋等就夠了。此外，身體容易著涼的人可以在腿及腹部塗上潤膚油（美容用的即可），如此即可達到禦寒效果。

請問金教練！Q&A

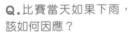

Q. 中途如果腳痛，該怎麼辦？

A. 腳部出現疼痛情形時，應停下來做做伸展運動舒展僵硬的肌肉。此外不妨伸展上半身肌肉讓身體重新出發。在疼痛部位灑些水降溫，也不失為一個好方法。請勿勉強繼續跑步，否則將會引發其他部位的不適。

Q. 不覺飢餓或口渴時，是否也應該勤於補充熱量及水分？

A. 初學者最好能在口渴前勤加補充水分。此外跑全程馬拉松時，應在感覺飢餓前補充熱量以防體力不支。

Q. 抵達終點後應如何減緩翌日以後所發生的肌肉痠痛？

A. 首要是做冷敷。可冰敷雙腿肌肉及關節或浸泡在游泳池裡，此外冷水浴也頗有效果。適度冷卻之後，慢慢地做些伸展運動，搽上消炎止痛藥膏，即可有效緩和肌肉痠痛。

蛋糕!!
大福!!
烤麻糬!!
鮭魚!!

氨基酸

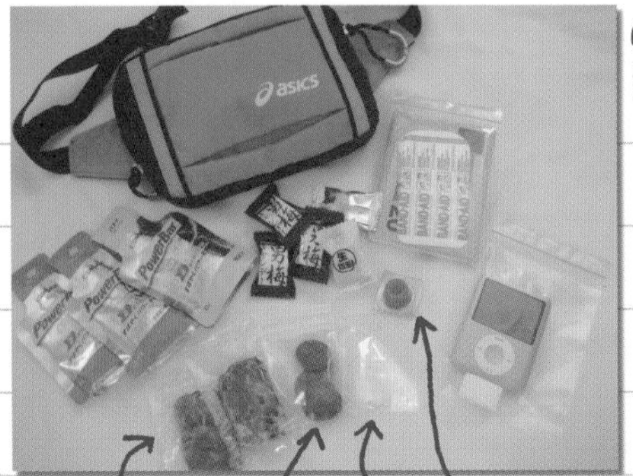

點心　話梅　鹽　蜂蜜糖

當天所帶的東西

此外還有相機

Photo Gallery

洗手間前的長龍…

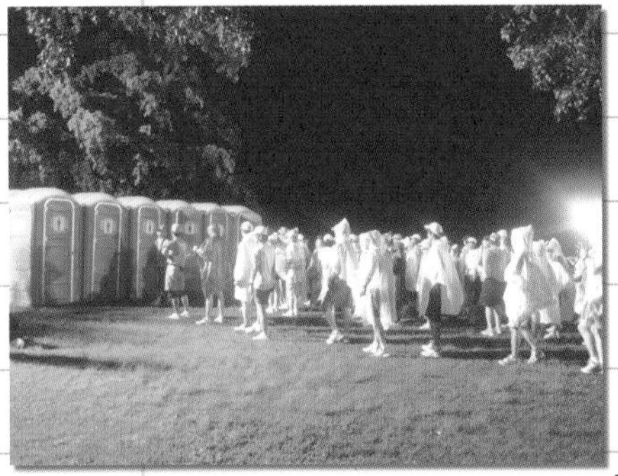

……

↑起跑順序是依自己申報的完跑時間而定

香蕉營養滿檔!!

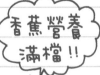

飲水處到了～♡

很多選手穿著雨衣。??

挑個景色優美的地方做伸展運動…

看見海就元氣倍增!!

雨停了，接著是暑氣逼人。

賽亞人?!

哆啦A夢…?!

過了35公里，絕大部分的人都開始用走的。

Fight~

耶~終於突破40公里了!!

Almost pau!! You can do it!
夢みたゴールまであとすこし

↖看到這的時候，真是高興萬分!!

踉踉蹌蹌…

氣喘吁吁

哇嗚嗚~跑完了!!

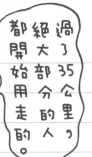

剛跑不久就吃餅乾
會很口渴。

領到的

跑達終點後沖個涼♡

Photo Gallery

很多人當場穿回

完跑者的獎勵品
完跑T恤

鑰匙圈

完跑後的啤酒
真是沁涼舒暢。

當天見到的各種變裝跑者♡
結婚禮服
卡美哈梅哈國王*
*夏威夷王國的開創者
也有這種裝扮
相撲選手
和服&木屐
喀啷
空隆
七龍珠
還拿著七龍珠球
忍者哈特利
咻
咻
蘿莉塔裝扮的人
卡哇伊♡
還帶著小熊
或許是因為前半下雨…
嗯
飲水處的水很難喝…
聽說混了雨水就會很難喝
有時會有藝人參加馬拉松。
哇，攝影車！
哇—
攝影小組
是誰是誰？
儘管累…
喘…
看到攝影站時…
啊
喀嚓
喀嚓
照片可以賽後透過網路購買
還是會裝出體力充沛的樣子…
喀嚓
喀嚓
挺直
呵呵呵…

不知道紀子和加藤現在跑到哪裡了…不知道身體情況如何…
喘
喘…
一邊跑還是不經意掛念我那兩位好朋友…
在飲水處有很多當地的小朋友努力為大家服務。
哇哈哈
啊哈哈
Ms.!!
Ms.!!
在終點服務的當地女高中生(?)也很可愛♡
蘋果&餅乾
跑完之後必須去領T恤，可是要走到那裡實在很辛苦…
嗚嗚…T恤…
踉踉
蹌蹌
在這氣球下領T恤
有點遠
我們辦慶功宴的那家店洗手間是在樓上…
WC
嗚…
蹌蹌
踉踉
叭嘰
好痛喔
有人要去上洗手間時就會引起哄堂大笑
(大家都是如此)
哇哈哈
啊哈哈
鏘將!!
嘿嘿嘿!!
FINISHER
顫動
顫動

檀香山馬拉松的第2天——
身體比昨天痠痛得更厲害!!
哎喲~
當然這兩人也是
哎喲~
踉蹌
踉蹌
人生最嚴重的
肌肉痠痛
但還有領取完跑證書的使命等待完成，因此早上就奮力出發。
那…我們出去囉…
盛裝
FINISHER
FINISHER
麻煩妳們了
加藤膝蓋痛所以留在飯店
完跑證書是在昨天設置終點的卡皮歐拉尼女王公園(Kapiolani Park)領取，但是…
哎喲~我痛得無法下樓梯
啊
啊
抖
抖
FINISHER
走到那裡真是千辛萬苦…
哎喲
喀啦—
哇~
FINISHER
FINISHER
一不留神膝蓋就會脫力
大街上同樣有很多動作怪異的人
晃晃
搖搖
加油…
FINISHER
FINISHER
FINISHER
ABC
FINISHER
拖…

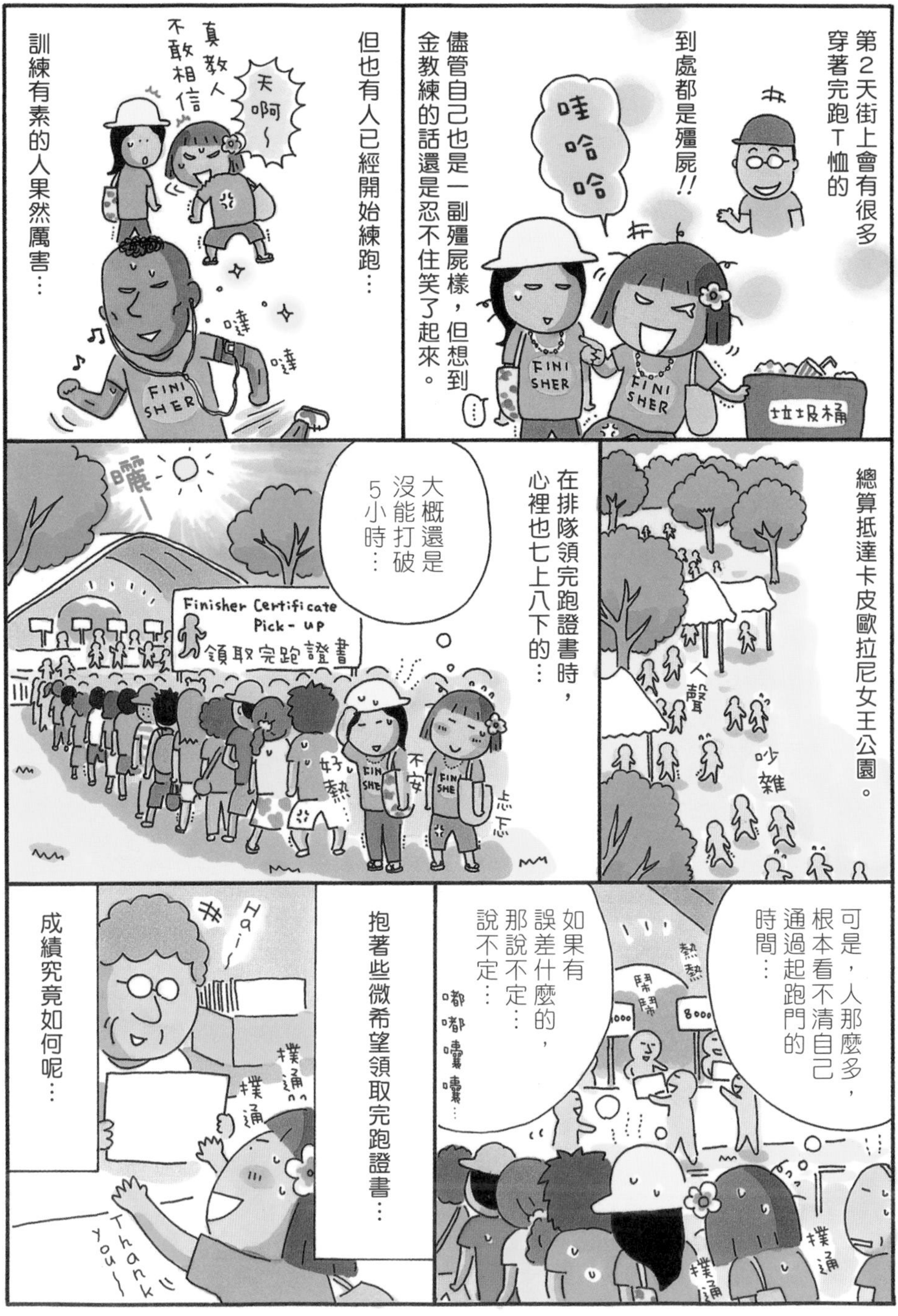
第2天街上會有很多穿著完跑T恤的
到處都是殭屍!!
哇哈哈
垃圾桶
FINISHER
FINISHER
儘管自己也是一副殭屍樣，但想到金教練的話還是忍不住笑了起來。
…
但也有人已經開始練跑…
天啊~
真教人不敢相信
噠
噠
FINISHER
訓練有素的人果然厲害…
總算抵達卡皮歐拉尼女王公園。
人聲
吵雜
在排隊領完跑證書時，心裡也七上八下的…
大概還是沒能打破5小時…
曬—
Finisher Certificate Pick-up
領取完跑證書
好熱
不安
忐忑
可是，人那麼多，根本看不清自己通過起跑門的時間…
如果有誤差什麼的，那說不定…說不定…
熱熱
鬧鬧
嘟嘟囔囔…
撲通
撲通
抱著些微希望領取完跑證書…
Ha~
撲通
撲通
Thank you~
成績究竟如何呢…

鏘鏘～
2008 HONOLULU MARATHON
FINISHER
On December 14, 2008
Naoko Takagi
Completed the 36th Honolulu Mara
in the time of
5:01:05
太可惜了…差一點點就能以低於5小時的成績跑完全程。
嗚嗚…只差1分5秒…
哇～完跑證書耶
紀子的成績是5:23:14
寶物♡
加藤是
6:58:25
公園裡有人在分發當地報紙…
我看看…
熱熱
鬧鬧
JAL 39801
2008 JAL HONOLULU MARATHON FINISHER
沒想到報上有刊登昨天所有完跑者的名單及成績。
啊!!找到了～♡
Shinsuke Takato
Wesley Oda
Toshihiro Chijiwa
Ward Cullen
Hideaki Otsuka
Naoko Takagi
Shirley Akamine
Sam pope
Atsushi Nakama
Hideaki Yamamoto
Scott kamiYa
Meyers
5:01:05
5:01:06
5:01:06
事後回想起來，發現有很多值得反省的地方…
那時如果不用走的話…
如果再多鍛鍊一點肌肉就好了…
不過，今天還是要為自己能跑完全程感到高興。
我的也找到了～
據報上刊載，我是跑完全程20054人中，排名第6006名。
HONOLULU MARATHON FINISHER

下午3人一起去附近的按摩店……
好痛喔……
跟跟
這是出發前就在日本預約好的……
跑完的第2天一定會肌肉痠痛，我們先預約一下按摩吧……
夏威夷古法按摩來個怎麼樣啊？
夏威夷觀光導遊
好啊，那就預約吧。
喔～好耶～!!
當作跑完以後的獎賞!!
用網路預約
這對超肌肉痠痛的身體而言，是非常非常刺激的☆
Hawaiian Lomi Lomi Massage
Lomi Lomi 乃「揉」「壓」之意
特別是被按到大腿那一帶時……
真是痛死了!!
壓
壓
壓
壓
揉
揉
啊～～
按摩油
很痛，可是很舒服♡
60分 $60
按摩完後在附近買買東西……
嘿咻
嘿咻
好痛喔……
$1
Aloha shirt
好痛喔……
這一天就這樣結束了——
呼～
呼～

隔天，還要參加一個出發前就預約好的生態旅遊團…
難得去一趟夏威夷，真想好好欣賞當地的自然景觀…
夏威夷
那就報名生態旅遊團好了。
比賽結束兩天了，疲勞應該也消除得差不多了吧
與預期相反，肌肉痠痛依然處在高峰期。
但還是憑著毅力前往…
我…我們出去囉…
路上小心喔～
好的
加藤取消行程了
這個生態旅遊團的行程是走山路去看Manoa瀑布…
熱帶雨林
野生(?)的雞
咯咯咯～
當地導遊
滔滔不絕
(英文)
做說明
費用$40 約4小時
勉強爬上山抵達目的地，也見識到神祕的瀑布…
嘩啦啦…
儘管水非常冰冷，還是有外國人往水裡跳…
呀吼～
啊～
DANGER STOP!
問題是回程…
哎喲～下山腳好痛喔～!!
加油～
段差的地方更是辛苦
我扶妳一下吧！
一直都像螃蟹走路
這一天也就這樣結束了——
在游泳池邊悠哉度過一天♥
瀑布怎麼樣啊？
很好玩啊～
筋疲力竭…

隔天——
哇喔～可以活動自如了!!
哇～
走路也自如了!!
可以蹲了!!
雖然還有點痛……
比賽結束經過3天，肌肉痠痛才終於恢復……
Let's go!!
KTN 840
所以我們也就正式開始觀光!!租了一輛車……
一路兜風來到歐胡島北海岸的North Shore♡
哇喔～
海海耶耶～
啊～
海邊人跡稀少很是寧靜，我們做完海水浴之後，在海濱的餐廳享受了一頓美味的午餐。
North Shore的名產—蝦飯
(Shrimp)
然後歡度南國的聖誕節……
好有南國風味喔☆
好可愛喔～
吃吃夏威夷香甜的鬆餅……
好好吃喔……
夏威夷蛋包
瘋狂血拼……
檀香山馬拉松商品半價耶～
Nike Town
HONOLULU MARATHON 2008
SALE
50%OFF
哇～天啊!!
非買不可!!

也去威基基海灘游泳，
欣賞夏威夷特有風光…
啊
哇
撲通～
嘩啦
啊～夏威夷…
Oh~
Hahaha
想想從決定
姑且跑跑看的
那天起，
到今天…
我經歷了
許許多多…
SPORTS
8公里
LSD!!
加油!!
以往所沒
經歷過的事…
儘管有過許多艱辛，
但也有許多難能可貴的
回憶…
好想再到夏威夷來喔…
會有機會的啦
終於踏上歸途
喀啦喀啦
我那沾滿汗水、
雨水和污泥的跑鞋…
第1雙
第2雙
是我的驕傲。

我們租的車

夏威夷的車牌上有一道彩虹喔

↖朝霞中的鑽石頭

奮力參加的Manoa瀑布團

好痛喔…

阿囉哈聖誕節

在夏威夷還是吃餃子配啤酒♡

Photo Gallery

夏威夷的拉麵
Saimin♡

香甜的鬆餅♡

North Shore♡
的蝦飯

肌肉痠痛最痛苦的3件事
3
上洗手間要蹲的時候
好痛喔……
終於體會到洗手間扶手的重要性
2
撿東西的時候
哎喲～
還差一點…
$1
1
下樓梯的時候
這種時候是最痛苦的!!
慢～
慢～
一不留神膝蓋就會脫力
小心翼翼慢慢地走
FINISHER
完跑T恤似乎成了「我全身肌肉痠痛」的標誌
我去夏威夷時，剛好碰到日幣升值!!
12年一度的日幣升值!!
現在不買可惜喔～
店員
夏威夷香皂
哇～好便宜喔!!
哇～
這個人花最多錢。
過了3天，肌肉痠痛總算好多了…
搞不好已經可以跑步了!!
脫力
啊
還是不行。

在夏威夷海邊嬉戲圖
在海面上學海獺模樣的加藤
我也去玩一玩
好啊
好好地玩吧
嘩啦啦
哇哈哈
發呆~
嘩啦
呆~
嘩啦
咕嚕
擦
擦
咕嚕
不禁再度佩服那些能以兩個多小時跑完全程馬拉松的頂尖選手…
啊~好好玩喔~
呵—呵呵
買了太多夏威夷鬆餅粉…
都是粉
香皂也很多
什麼?!
這樣叫玩喔?!
跑了全程馬拉松…
可是回到日本一量，體重竟然增加了…
呵呵呵…

結語　朝馬拉松2年級生邁進

檀香山馬拉松結束了，邁入新的一年⋯
2009
2008
有點陷入消耗殆盡症候群的我⋯
完全鬆懈了下來。
偶爾雖然會想去跑跑步，但寒冷的天氣總教我難以付諸行動⋯
改做點半蹲運動⋯
嚴冬
呼～
哆嗦⋯
非常栢冷
而紀子在那之後依然勤奮練跑。
呼～
原因是她在為數極眾的報名者中，抽中了最受跑者歡迎的東京馬拉松參加權。
怎麼辦?! 我抽中了耶～!!
真的?! 好厲害喔～!!
我也報了名，卻不幸落選。
不知不覺間，寒冷的冬天也過去了⋯
電熱器
轟轟～
哆嗦
哆嗦
爆米香

到了3月——
東京馬拉松 2009
人聲鼎沸
東京馬拉松當天，為了目睹紀子的勇姿，我和朋友夫婦3人來到會場加油。
哇～
紀子
自製的加油牌
這一年的參賽者多達三萬五千人!!
報名者約26萬人!!
抽中比率約13%
不僅參賽者人數眾多，連夾道加油的群眾也是人山人海!!
馬龍麵
哇～
哇～
哇～
哇～
哇～
紀子…紀子在哪裡…？
看不見…
衝衝衝
東京不愧是大都會!!
啊，紀子在那裡!!
哇～
哇～
喀嚓
喀嚓
嘿～!!
應該利用都市的特點…
我們搭地鐵先繞到前面去!!
紀子
先繞到路跑的各個定點做重點性加油
cafe
嘿～
紀子
啊…
15公里處

但隨著距離的增加，面露疲憊的選手也越來越多…
哇~
加油~
哇~
喘…
喘…
步履蹣跚
8460
25公里處
3730
想起自己在賽程中那段艱辛的經歷…
哇~
哇~
不由得心跳加速起來。
紀子
心想如果自己也能在此時盡點棉薄之力…於是就在沿路發起糖果…
會不會有人拿呀？
需要嗎~
衝衝衝…
鹽飴
梅糖
剛好帶在身上
選手們接二連三地過來拿。
謝謝
也給我一個吧
太好了~
喔
043
梅
以前自己也是在很多人的加油鼓勵下才能完跑…
加油~
請用~
GO
嘿加油~喔
Fight~!!
覺得終於得以略微回報那些…
曾幫助我的人。
太好了
Thank you
請用~
鹽飴

賽程後半，天氣轉壞…
儘管天氣惡劣，紀子仍以低於檀香山馬拉松10分鐘的成績順利跑達終點!!
氣喘
吁吁
踉蹌…
TOKYO MARATHON
42195
加油聲一路都沒斷，跑起來也特別高興!!
雖然累斃了~
啪啪
恭喜~
喀嚓喀嚓
哇~
看著這幅景象…
我不禁興起一股想去跑步的強烈念頭。
嗯~
好想趕快去喝啤酒喔~
抵達終點的那種感動、跑完以後吃起來更加美味的飲食…
跑完了~
705
好好吃喔
只差一點…
成績
和略帶遺憾的回憶等等…
都令我難以忘懷…
所以我又再度穿上跑鞋…
衝去附近跑步。
朝馬拉松2年級生邁進!!

運動衣
洗了很快就乾。

跑鞋
首先要感謝的是它們。
左邊是第1雙。右邊是第2雙。

Photo Gallery
我的跑步夥伴

NIKE＋iPod
查看跑步的
各種記錄！

有飲料瓶口袋的腰包
嗯～不太實用⋯

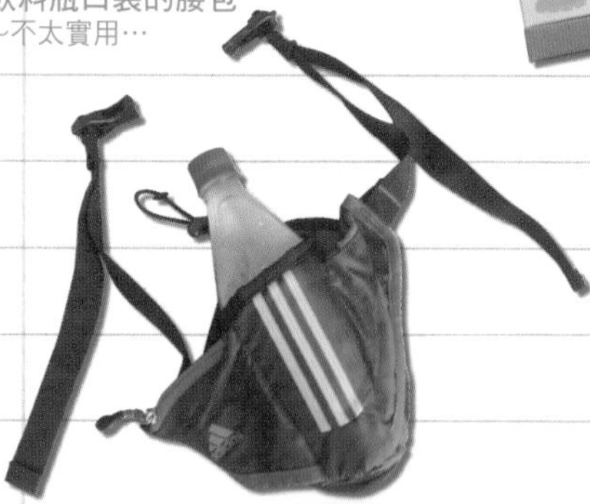

洗衣機上貼了
確認iPod !! 的條子
以免重蹈覆轍⋯

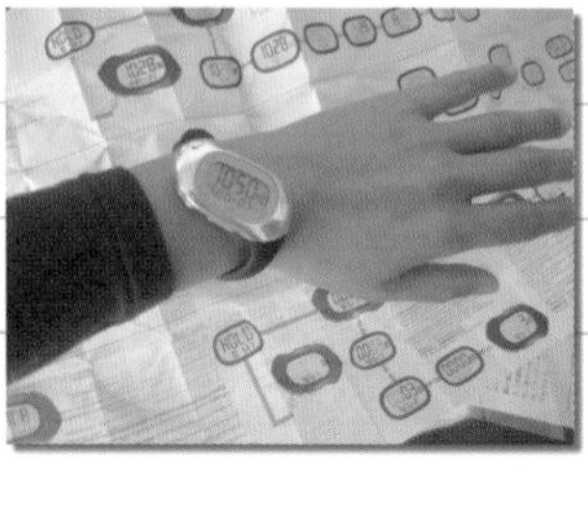

運動錶
⋯無法充分活用。

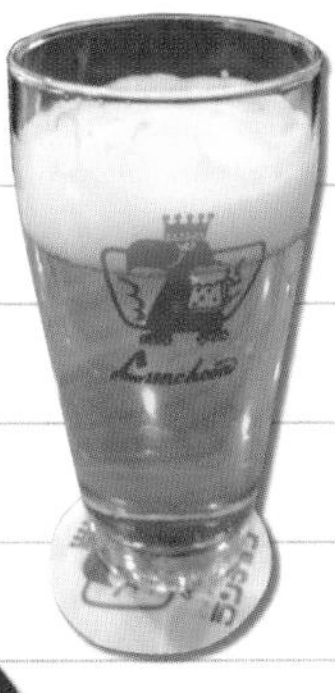

犒賞自己的啤酒
為這杯而跑…

附近的公園
是我愛的泥土路面…
會碰到狗也會碰到情侶…

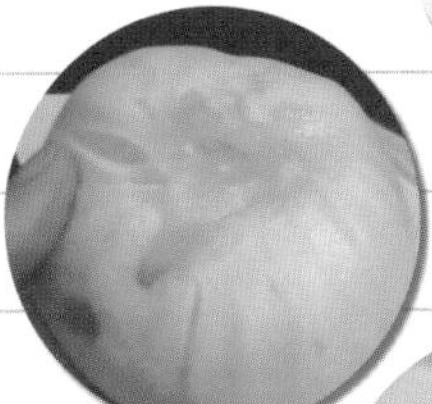

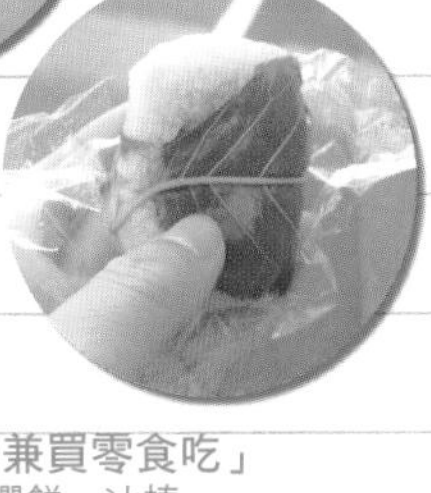

「跑步兼買零食吃」
肉包、櫻餅、冰棒

書、雜誌
從中學到很多。

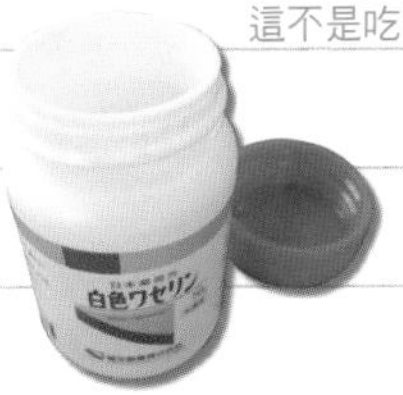

凡士林
這不是吃的喔…

東京馬拉松
下次一定要參加…
海報真吸睛。

自己製作的加油牌。

跑友送我的米。
上面有他的親筆畫。
我特地帶到夏威夷去。

後記

非常感謝各位讀者支持我的這本馬拉松挑戰記。
既缺乏運動細胞又缺乏毅力、做事也經常半途而廢的我，
總算跑完了一次全程馬拉松。

小時候上體育課時，碰到要跑馬拉松總是痛苦萬分，
覺得距離又遠又長，而且跑起來又比誰都慢，
甚至想「真是恨死馬拉松了!!」
不料，長大以後開始跑馬拉松才發現它是一種可以衡量自己體能循序漸進的運動，
也是男女老幼都可一起參與的運動。而且馬拉松被認為是「沒運動細胞的人也可從事的運動」，
因此對矯捷度、柔軟度幾近於零的我而言，或許是一種很合適的運動。

此外，我是一個事事非到緊要關頭不行動的人，
因此先把各場比賽列入預定計畫中，然後朝目標努力邁進，這也很適合我的個性。
例如半程馬拉松比賽快到了，得好好練習才行，等等……

另外一個重要誘因或許就是跑完之後，飯菜（和啤酒）都變得美味無比。
只要體驗過一次，就會想再重溫那種感動。
我是不是有點中毒了……
說有這項樂趣我才得以一路跑下來也不為過。

儘管如此，光靠個人的力量還是很難跑完全程馬拉松。
一起練跑的跑友、為我加油的人們，這些都是我莫大的動力來源。

最後要由衷感謝我的跑友紀子、加藤、
給我們諸多指導的金哲彥教練，
還有周遭為我加油的人們、
各場比賽的幕後工作人員、義工，
沿途的加油群眾等等。

2009年9月　高木直子

再來一碗：
高木直子全家吃飽飽萬歲！
洪俞君◎翻譯

媽媽的每一天：
高木直子手忙腳亂日記
洪俞君、陳怡君◎翻譯

媽媽的每一天：
高木直子陪你一起慢慢長大
洪俞君◎翻譯

最新作品

媽媽的每一天：
高木直子東奔西跑的日子
洪俞君◎翻譯

已經不是一個人：
高木直子40脫單故事
洪俞君◎翻譯

台灣出版16週年
全新封面版

150cm Life
洪俞君◎翻譯

150cm Life②
常純敏◎翻譯

150cm Life③
陳怡君◎翻譯

一個人出國到處跑：
高木直子的海外
歡樂馬拉松
洪俞君◎翻譯

一個人邊跑邊吃：
高木直子呷飽飽
馬拉松之旅
洪俞君◎翻譯

一個人去跑步：
馬拉松1年級生
洪俞君◎翻譯

一個人去跑步：
馬拉松2年級生
洪俞君◎翻譯

一個人吃太飽：
高木直子的美味地圖
陳怡君◎翻譯

一個人和麻吉吃到飽：
高木直子的美味關係
陳怡君◎翻譯

一個人暖呼呼：
高木直子的鐵道溫泉秘境
洪俞君◎翻譯

一個人到處瘋慶典：
高木直子日本祭典萬萬歲
陳怡君◎翻譯

一個人去旅行
1年級生
陳怡君◎翻譯

一個人去旅行
2年級生
陳怡君◎翻譯

一個人好孝順：
高木直子帶著爸媽去旅行
洪俞君◎翻譯

一個人搞東搞西：
高木直子閒不下來手作書
洪俞君◎翻譯

一個人做飯好好吃
洪俞君◎翻譯

一個人好想吃：
高木直子念念不忘，
吃飽萬歲！
洪俞君◎翻譯

一個人的狗回憶：
高木直子到處尋犬記
洪俞君◎翻譯

一個人的第一次
常純敏◎翻譯

一個人住第5年
（台灣限定版封面）
洪俞君◎翻譯

一個人住第9年
洪俞君◎翻譯

一個人住第幾年
洪俞君◎翻譯

一個人上東京
常純敏◎翻譯

一個人漂泊的日子①
陳怡君◎翻譯

一個人漂泊的日子②
陳怡君◎翻譯

我的30分媽媽
陳怡君◎翻譯

我的30分媽媽②
陳怡君◎翻譯

〈作者簡介〉 **高木直子**

繼第一本著作《150cm Life》之後，持續推出了多本圖本書。

主要著作有《一個人住第5年》《一個人吃太飽》《一個人去跑步：馬拉松1年級生》《一個人出國到處跑：高木直子的海外歡樂馬拉松》《已經不是一個人：高木直子脫單故事》《一個人漂泊的日子》《再來一碗：高木直子全家吃飽萬歲！》《一個人的每一天》《一個人搞東搞西：高木直子閒不下來手作書》等等。育有一女，正享受著育兒生活。

個人專屬網站「暗自竊喜」:http://hokusoem.com

〈譯者簡介〉 **洪俞君**

東吳大學日文系畢業。長期翻譯高木直子的作品如《150cm Life》《一個人住第5年》《一個人住第9年》《一個人去跑步：馬拉松1年級生》《一個人暖呼呼：高木直子的鐵道溫泉祕境》《一個人的每一天》《一個人的狗回憶：高木直子到處尋犬記》《一個人邊跑邊吃：高木直子呷飽飽馬拉松之旅》《已經不是一個人：高木直子40脫單故事》《媽媽的每一天》等（大田出版）。

TITAN 077

一個人去跑步
馬拉松1年級生（卡哇伊加油貼紙版）

高木直子◎圖文　洪俞君◎翻譯

出版者：大田出版有限公司
台北市10445中山區中山北路二段26巷2號2樓
E-mail：titan@morningstar.com.tw　http：//www.titan3.com.tw
編輯部專線：（02）25621383　傳真：（02）25818761
【如果您對本書或本出版公司有任何意見，歡迎來電】
行政院新聞局版台業字第397號

填寫回函雙重贈禮❤
①立即送購書優惠券
②抽獎小禮物

總編輯：莊培園
副總編輯：蔡鳳儀　編輯：葉羿妤
行銷編輯：張筠和
行政編輯：鄭鈺澐
校對：陳佩伶 / 蘇淑惠
初版：二〇一一年五月三十日
卡哇伊加油貼紙版：二〇二四年一月十二日
定價：新台幣 350 元

購書E-mail：service@morningstar.com.tw
網路書店：http://www.morningstar.com.tw（晨星網路書店）
讀者專線：04-23595819#212
郵政劃撥：15060393（知己圖書股份有限公司）
印刷：上好印刷股份有限公司

國際書碼：978-986-179-844-8　CIP：861.67/112018507